MIEI PENSIERI DI VARIA UMANITÀ

GIOVANNI PASCOLI

Texte et illustration de couverture : © domaine public
Edition : Culturea (Hérault, 34)
Contact : infos@culturea.fr
Retrouvez notre catalogue sur http://culturea.fr
Imprimé en Allemagne par Books on Demand
Design typographique : Derek Murphy
Layout : Reedsy (https://reedsy.com/)

Dépôt légal : janvier 2023

ISBN : 9791041842490

a Vincenzo Muglia

editore

che s'arma e non parla

Caro Vincenzo,

Voi sapete che io amo la Sicilia; e non solo nel suo cielo e nel suo mare, ma nella sua terra: e non solo nelle sue memorie, ma nel suo presente; e non solo nei suoi ruderi, ma nel suo popolo.
O popolo taciturno e severo! S'arma e non parla, anch'esso, tutto, come voi, uno.
Chi osservi quanti artefici del bello e scopritori del vero, col libro, col quadro, con la statua, dalla cattedra, dalla tribuna, dall'officina, onorino fin d'oggi la Sicilia, può indovinare qual fermento agiti l'iso-la del fuoco. Virum seges. Spunta una gran messe d'uomini, la quale non fa più rumore dell'erba che cresce. Chè questa è una fantasia di tanti che discorrono del mezzogiorno: darsi a credere che voi altri gesticoliate, chiacchieriate, cantiate continuamente come folli. Oh! sì! I gesti? Il cenno di Giove cuncta supercilio moventis. La chiac-chiera? Il monosillabo del Lacone. I canti? Li ho uditi, nell'alta not-te, i vostri canti: flebili melopee che riconducono al cuore il sogno di ciò che è di là della morte; della morte piccola e della morte grande: oltre i millenni della storia e oltre il passato della nostra vita: tra le colonne abbattute di Selinunte e dentro le nostre domestiche tombe. Qual «dolcezza amara» in quel canto che voi ripetete così bene:

Lu suli sinni va: dumani torna:
si minni vaiu ju, non tornu chiù!

Voi altri siete un popolo che tace. - Oh! oh! - dirà alcuno - tu con-senti nel rimprovero che si fa appunto ai siciliani: di tacer troppo, di amare, essi così prediletti dal sole, l'ombra e la tenebra - Ahimè! La mafia... Dobbiamo parlarne? Due parole.
Tristo il silenzio intorno al delitto! Un uomo è calato nel sepolcro prima del tempo. Una famiglia piange senza mai fine. Chè non le è possibile la rassegnazione. Essa non potrà alzar gli occhi al cielo, donde viene la rugiada e l'oblio: li gira attorno a sè, gli occhi, per cercare nella terra ch. ha presa, a danno infinito di lei, la parte dell'«antico uccisore». Tristo allora il silenzio degli altri, se è indiffe-renza! Orribile, se è compiacimento! Abbietto, se è viltà! Ma se è l'assenso dei moti, dato con dolore, al pensiero di quelli infelici, cui nulla ormai può consolare nemmeno la giustizia?...
Io ho dovuto fare spesso nella mia vita (al fine, confesso, di non odiare i miei simili) le riflessioni che pongo qui a capo di questo li-bretto, e ci sono anche in fondo. Mi par bene che si trovino al princi-pio e alla fine, a mostrare che per me la questione umana è preci-puamente morale. Ecco dunque. Dove sono, non dico in Italia ma nel mondo, quelli che illuminano volentieri la giustizia? e dove è, nel mondo civile o barbaro, la giustizia che sembri alle coscienze buono illuminare? Se in qualche popolo trovate un vero furore di giustizia; tanto che si fucili, impicchi, bruci senza esitazione e formalità; guar-date a fondo: troverete che quello è un furore sì, ma non di giustizia; un furore di conservare e di preservare: interesse, paura, egoismo. In quei paesi, ancor nuovi, in cui la parola vela già, ma pochino po-chino, la cosa, un buon cittadino non disdegna, qualche volta di farsi carnefice; sebbene... si mette la maschera! Ma da noi chi vorrebbe farsi esecutore della giustizia? Ma da noi chi, in fondo in fondo, pro-va sentimenti, poniamo, di gratitudine per i carcerieri, che sono

3

mi-nistri, sebbene non tanto vistosi, della giustizia? E via e via. In verità la giustizia intralcia la nostra coscienza che rifugge dal fare il male, e, quanto al punirlo già fatto, oh! vedete! approva che si perdoni. E dunque?

Dunque la coscienza d'un popolo, se è retta o torta, s'ha a giudi-care non dall'aiuto che il popolo presta, o no, alla giustizia che viene, a pie' zoppo, dopo il male fatto; ma dall'osservanza, o no, che abbia per la giustizia che precede il male da fare e impedisce che si faccia. Questa è la giustizia che deve bandir quell'altra, la quale par che si chiami così, giustizia, dallo aggiustare, ch'ella tenta, le cose dopo. No, non si possono aggiustare l'anima e la vita umana, una volta rot-te: bisogna non romperle prima. E bisogna che ciò si sappia e si ve-da, che ci son cose che non si possono riparare. Se non ci fossero i concini, chi sa? si romperebbero meno stoviglie.

Ma torniamo a noi, mio buon Vincenzo, che tacete, come tace il vostro popolo. Oh! voi non fate chiasso attorno ai libri che pubblica-te, con tanto vostro dispendio e tanto poco favore degli italiani. Voi non volete creare, con arte che è così facile a tutti, e che a voi intelli-gentissimo sarebbe facilissima, nella mente dei lettori e compratori di libri, un'opinione sul merito del libro prima che lo comprino e legga-no. E io sono di accordo con voi, che fate, a vostre spese, esperienza del guaio che affligge tutta l'umanità presente. Ella è schiava, capite? e nel suo tutto e nelle sue parti. Non si pensa con la propria testa, capite? ossia, non si pensa più. E tutti i progressi, pur così evidenti, delle scienze lasciano perplesso l'osservatore e amatore degli uomini; perchè, in vero, qual fede si può avere nei guizzi lunghi d'una lampa-da in cui l'olio viene a mancare? qual fede nella ricca fioritura d'una pianta, la cui radica è rósa? I frutti non terranno. La lampada si spegnerà.

Libertà! Libertà! Questa è l'idea che pervade il libricciolo, che io v'offro: libertà da cima a fondo. E perciò lo dedico a voi, che non so-lo assomigliate a me, nel disdegnare ciò che mette i ceppi al pensie-ro, ma che, nel mio cuore, figurate, uno, giovane, ardente di fede e parco di parole, franco ma a monosillabi, libero ma a cenni, la vo-stra Sicilia. La Sicilia, con tutti i discorsi che si sono fatti sulla mafia siciliana, non è terreno da piantarvi la selva oscura del partito, ossia del non-volere, ossia del non contar più se non come uno sterpo in un gran viluppo inerte e infecondo. Che! In ogni siciliano il proprio io è lì che negli occhi grandi e profondi sta in guardia della persona, piccola (come la vostra) e cara! E la Sicilia tutta non vuol liquefarsi nel resto d'Italia: bene! E, per questo suo medesimo sentimento, non vuole che l'Italia sia annullata dal resto del mondo: benissimo!

Caro Vincenzo, e io non ho trovato in Sicilia uno più siciliano di voi e più italiano di voi. E perciò vi amo. E siete fiero. E perciò vi ammiro. E lavorate in silenzio. E perciò vi venero. E vi arriderà il successo? cioè, avrete mai la ricchezza, e quella, che non pare si possa avere, se non dopo avuta la prima, e ciò per la forza delle cose piuttosto che per mal volere degli uomini, la croce del lavoro? Voi vi armate: sarete mai armato cavaliere?

Di codesto, dubito. Ma eccomi qua. Ricordate che in certi casi i nobili guerrieri si davano la accollata a vicenda nel campo di batta-glia, sparso del loro vivo sangue?

Ebbene, vi faccio cavaliere del lavoro, io!

Prendetela da un compagno d'armi l'attestazione del vostro valo-re; prendetela, la croce, da uno che della croce ne ha avuta sin trop-pa; da un lavoratore, il premio del lavoro.

Giovanni Pascoli

31 dicembre del 1902.

I.

Era un sabato, il più bel giorno dei sette: e io uscito «in sul calar del sole» dalla porta di Monte Morello mi recava al colle detto Mon-te Tabor. Della primavera tuttavia irresoluta avevo visto già dal mat-tino, venendo dal Porto alla città di Recanati, inalberare la terra due insegne tra il pallore degli ulivi; una candida, una rosea, d'un man-dorlo e d'un pesco. E nelle prode e per i greppi vedevo ora le mar-gherite richiudere per la notturna vigilia i petali sfumati di carmino che candidi erano apparse nel giorno (spose biancovestite che tin-gonsi di rossore allo sbocciare della stella); mentre io adorava le or-me del Poeta, lasciandomi alle spalle la «piazzuola» piena del «lieto romore» dei fanciulli e avviandomi all'«ermo colle» donde egli ave-va sentito nell'anima gl'«interminati spazi» e i «sovrumani silenzi». Il colle non è più quello, essendo stato in parte tagliato per dar luogo a una strada nuova, e piantato e ripulito e pettinato per diventare un giardino pubblico, il Pincio; ma «ermo» era anche quella sera di sa-bato. E si udivano bensì grida di fanciulli, felici della festa del do-mani; ma di qua e là, di lontano; e velavano appena la taciturnità del tramonto. Tornava un contadino con la vanga sulla spalla, dando la faccia rugosa ai bagliori del sole. Tornava una vecchierella con sul capo un piccolo fascio di stecchi. Un'altra le si fermava di contro. Stettero, nereggiando tra uno scintillìo diverso e continuo, parlando tra uno scampanìo fioco di voci remote. Parlavano a lungo: tenten-navano la testa. Il «buon tempo» pareva non lo avessero conosciuto mai.

II.

«Donzellette» non vidi venire dalla campagna col loro fascio d'erba. Non ancora la lupinella insanguinava i campi. Avrei voluto vedere il loro mazzolino, se era proprio «di rose e di viole». Rose e viole nello stesso mazzolino campestre d'una villanella, mi pare che il Leopardi non le abbia potute vedere. A questa, viole di Marzo, a quella, rose di Maggio, sì, poteva; ma di aver già vedute le une in mano alla donzelletta, ora che vedeva le altre, il Poeta non doveva qui ricordarsi. Perchè il Poeta qui rappresenta a noi cose vedute e udite in un giorno, anzi in un'ora; e bene le rappresenta, come non solevano i poeti italiani del suo tempo e dei tempi addietro. E come queste, così altre; e in ciò è la sua virtù principale e, aggiungerei se non fosse ozioso e noioso a proposito di poesia parlar di gloria, la principale sua gloria. Vedere e udire: altro non deve il poeta. Il poeta è l'arpa che un soffio anima, è la lastra che un raggio dipinge. La poesia è nelle cose: un certo etere che si trova in questa più, in quella meno, in alcune sì, in altre no. Il poeta solo lo conosce, ma tutti gli uomini, poi che egli significò, lo riconoscono. Egli presenta la visio-ne di cosa posta sotto gli occhi di tutti e che nessuno vedeva. Erano forse distratti gli occhi, o forse la cosa non poteva essere resa visibile che dall'arte del poeta. Il quale percepisce, forse, non so quali raggi X che illuminano a lui solo le parvenze velate e le essenze celate. Ora il Leopardi (io pensavo fermandomi a guardare i monti di Mace-rata, sui quali si contorcevano alcune nuvole in fiamma, come dolo-rando), il Leopardi questo «mazzolin di rose e di viole» non lo vide quella sera: vide sì un mazzolino di fiori, ma non ci ha detto quali; e sarebbe stato bene farcelo sapere, e dire con ciò più precisamente che col cenno del fascio dell'erba, quale stagione era quella dell'an-no. No: non ci ha detto quali fiori erano quelli, perchè io sospetto che quelle rose e viole non siano se non un tropo, e non valgano, sebbene speciali, se non a significare una cosa generica: fiori. E io sentiva che, in poesia così nuova, il poeta così nuovo cadeva in un errore tanto comune alla poesia italiana anteriore a lui: l'errore dell'indeterminatezza, per la quale, a modo d'esempio, sono genera-lizzati gli ulivi e i cipressi col nome di alberi, i giacinti e i rosolacci con quello di fiori, le capinere e i falchetti con quello di uccelli. Er-rore d'indeterminatezza che si alterna con l'altro del falso, per il qua-le tutti gli alberi si riducono a faggi, tutti i fiori a rose o viole (anzi rose e viole insieme, unite spesso più nella dolcezza del loro suono che nella soavità del loro profumo), tutti gli uccelli a usignuolo. Ma non erano usignuoli quelli che io sentivo tra gli uliveti della valle sottoposta; sebbene d'usignuolo sembrassero tre o quattro note punteg-giate che promettevano, a ogni momento e sempre invano, il pro-rompere e il frangersi della melodia: preludio eterno. Quelle note d'usignuolo mal riuscito erano di cingallegre; e io le udivo a quando a quando dare in quegli striduli sbuffi d'ira o timore, che sembrano piccoli nitriti chiusi in gola d'uccello; le udivo, ora qua ora là, strisciare a lungo la loro limina mordace su un ferruzzo duro duro.

III.

Quante volte si sarà soffermato il Leopardi ad ascoltare quelle risse vespertine, risse sull'ora di scegliere il miglior posto per atten-dervi, con una zampina su, l'aurora! Egli amava «de più liete creature del mondo», il filosofo solitario. Pure nell'elogio che ne scrisse, non riuscì a infondere la poesia che sentiva in quello che egli chiama loro «riso», in quella vispezza e mobilità per la quale egli le assomiglia a fanciulli. Ciò che ne dice, è troppo generico, lasciando che non è tut-to esatto. Per quanto l'assunto del filosofo dovesse in quell'elogio contrastare al sentire del poeta, tuttavia noi vi desideriamo il partico-lare perchè sia e legittima l'induzione del filosofo e viva l'esposizio-ne del poeta. Ma non un nome di specie: tutti uccelli, tutti canterini. Nè molta varietà è, a questo proposito, nelle poesie: in una canta al mattino «la rondinella vigile» e la sera il «flebile usignol»; e il «mu-sico augel» in un'altra canta il rinascente anno e lamenta le sue anti-che sventure «nell'alto ozio de' campi»; e in un'altra è «il canto de' colorati augelli» insieme col murmure de' faggi; e via dicendo. Ora da questi e simili esempi si potrebbe inferire (io pensava) che il Leo-pardi non fosse quel poeta che tutti dicono, o perchè non colse quel particolare nel quale è, per così dire, come in una cellula speciale, l'effluvio poetico delle cose, o non lo colse per primo. Ma il nuovo e il vivo abbonda. E così mi rivolgeva nella mente, come un uomo pio sussurra un'orazione per iscacciare un brutto pensiero, i tanti luoghi coi quali il poeta della mia giovinezza, della giovinezza di tutti, de-stava in me i palpiti nuovi nel riconoscere le vecchie cose. Ripensavo le sue notti. Ecco una notte tormentata dalla tempesta: a un tratto non più lampi, non più tuoni, non più vento: buio e silenzio. Un'altra: una notte buia: la luna sorge dal mare e illumina un campo di batta-glia tutto ancora vibrante del fracasso del giorno: gli uccelli dormo-no, e appena rosseggerà il tetto della capanna, gorgheggeranno come al solito. Un'altra ancora: una notte illuminata: la luna tramonta, spa-riscono le mille ombre «e una Oscurità la valle e il monte imbruna», e il carrettiere saluta con un melanconico stornello l'ultimo raggio. Oh! i canti e i rumori notturni! il fanciullo che non può dormire e ode un canto «per li sentieri Lontanando morire a poco a poco», o, mentre sospira il mattino, sente, portato dal vento, il suono dell'ora! Nessuno in Italia, prima e dopo il Leopardi, rappresentò così bene l'estasi di una notte estiva:

allora
Che, tacito, seduto in verde zolla,
Delle sere io solea passar gran parte
Mirando il cielo, ed ascoltando il canto
Della rana rimota alla campagna!
E la lucciola errava appo lo siepi
E in su l'aiuole, sussurrando al vento
I viali odorati, ed i cipressi
Là nella selva: e sotto al patrio tetto
Sonavan voci alterne e le tranquille

Opre dei servi.

E nessuno meglio sentì la poesia d'un risvegliarsi in campagna al picchierellare sui vetri della pioggia mattutina; e nessuno espresse meglio il riprendere della vita dopo un temporale: lo schiamazzar di galline, il grido dell'erbaiuolo, che s'era messo al coperto, il rumoroso spalancarsi delle finestre, che erano state chiuse, e in ultimo il tintin-nìo dei sonagli e lo stridere delle ruote d'un viaggiatore che riprende il suo viaggio; e nessuno dirà meglio mai la sensazione d'un canto di donna, udito di notte, in una passeggiata, dentro una casa serrata, a cui ci si soffermò per caso; o di giorno, nel maggio odoroso, misto al cadenzato rumore delle calcole e del pettine. Un grande poeta, o cingallegre che fate sentire le stridio assiduo delle vostre piccole li-me in questo dolce sabato sera! un grande poeta, sebbene egli forse non distingue se i vostri squilli dallo spincionare del fringuello, a cui assomigliano! Così pensavo, e venne il suono delle ore dalla torre del borgo, e io pensai all'altra torre, la torre antica del Passero solita-rio. Era proprio alle mie spalle. La primavera brillava nell'aria, sebbe-ne non esultasse ancora per li campi: qualche belato, qualche muggi-to si udiva: dei passerotti saltabeccavano sul tetto della chiesa di Sant'Agostino, che ora è una prigione; le cingallegre stridivano sem-pre. Il passero solitario però non faceva più il nido nella torre, di cui fu abbattuta la «vetta»: mi dissero che più tardi ne avrei sentito i so-spiri d'un gufo. Più tardi: ora il sole dirimpetto, facendo lustrare e avvampare tutti i vetri delle case

tra lontani monti
Cadendo si dilegua, e par che dica
Che la beata gioventù vien meno.

IV.

Il sole non si dileguava così presto dietro il Sanvicino: esso colo-rava qua in rosa tenue, là in rosa carico, qua in oro, là in violetto, le nuvole che parevano essere convenute per assistere alla sua discesa. A un volger d'occhio, quella si scolorava in ardesia, questa trascolo-rava in porpora, E non mi pareva che il sole dicesse cadendo quelle triste parole. Già con me erano di troppo: ma mi ricordo che quando ero, non un poeta giovane, ma un giovane proprio, il sole al tramonto mi diceva sempre, come dirà anche oggi ai giovani lettori del Leo-pardi:

Che la beata gioventù vien meno.

Il Passero solitario dicono che sia concezione, se non lavoro, della prima giovinezza del Poeta: dell'anno 19 che fu a lui il più ricco di ispirazioni. Fu concepito, in vero, quando il poeta non curava più

sollazzo e riso,
Della novella età dolce famiglia.

quando non era più quel fanciullo giocondo di cui egli stesso narra:

In queste sale antiche,
Al chiaror delle nevi, intorno a queste
Ampie finestre sibilando il vento,
Rimbombaro i sollazzi e le festose

7

Mie voci al tempo che l'acerbo, indegno
Mistero delle cose a noi si mostra
Pien di dolcezza.

Giacomo godè il suo Sabato, «giorno d'allegrezza pieno, Giorno chiaro, sereno». La sua fanciullezza passò, come raccontava il suo fratello Carlo, tra giuochi e capriole e studi; ma passò in un collegio. Carlo lodava suo padre «d'averli tenuti presso di sè»; ma certo que-sti li tenne più da rettore che da padre. Monaldo credeva d'avere ri-cevuto una instituzione molto imperfetta. «L'ottimo Torres» egli di-ce «fu l'assassino degli studi miei, ed io non sono riuscito un uomo dotto, perchè egli non seppe studiare il suo allievo e perchè il suo metodo di ammaestrare era cattivo decisamente». Ora sin dall'età di anni quattordici egli aveva detto fra sè che avendo figli non avrebbe permesso ad alcuno di straziarli tanto barbaramente. Come tenne il suo proponimento? In una cosa intanto: nel non mandare in mona-stero la figlia Paolina, come vi era stata mandata la sorella di lui, con la quale e col fratello finchè gli visse, aveva trascorso i suoi primi anni. Egli sofferse molto di quell'allontanamento e non volle dare a Giacomo e a Carlo il dolore che aveva provato esso. Poi: avrà certo raccomandato ai precettori che forniva ai suoi figli, di non essere co-sì pedanti da esigere da essi la recitazione a memoria di «libri intieri senza il più piccolo errore». Ma i precettori volle che fossero preti: don Giuseppe Torres per primo (il suo maestro «di una severità intol-lerabile»); poi don Sebastiano Sanchini. Egli diede inoltre ai figli un pedagogo, che sempre li accompagnasse, «un pedante vermiglio, grasso, florido», don Vincenzo Diotallevi, buon bevitore. Quelli era-no i maestri o professori, questo il prefetto; il rettore, s'intende, era Monaldo. I giuochi dei ragazzi erano quali si fanno anche oggidì nei collegi un poco all'antica; quali mi ricordo d'aver fatti anch'io nel collegio dei buoni Scolopi, ai quali sono grato dal profondo del cuo-re: battaglie romane. Intanto che Napoleone (Monaldo nel 1797 avrebbe potuto vederlo. «Passò velocemente a cavallo, circondato da guardie le quali tenevano i fucili in mano col cane alzato. Tutto il mondo corse a vederlo. Io non lo vidi, perchè quantunque stessi sul suo passaggio nel palazzo comunale, non volli affacciarmi alla fine-stra, giudicando non doversi a quel tristo l'onore che un galantuomo si alzasse per vederlo») intanto che Napoleone combatteva ad Au-sterlitz o a Iena, i piccoli Leopardi ed i piccoli cugini Antici, batta-gliavano a Canne o a Zama, nel grande salone, al chiarore delle nevi, o nel giardino; e Giacomo mostrava, sotto il nome o di Scipione o di Annibale, quell'ardore guerresco, che si adempiè poi nel 18 coi cele-bri versi:

L'armi, qua l'armi: io solo
Combatterò, procomberò sol io.

Sanno di collegio le passeggiate fatte sempre insieme e sempre col prefetto o pedagogo; sa di collegio la burla fatta al buon prete, che Giacomo descrisse nella poesiola «la Dimenticanza»; sa di colle-gio quel porsi nomi finti (Giacomo era Cleone; Carlo, Lucio; Paoli-na, Eurilla). Si narra persino del romanzo letto di nascosto... Nè mancavano gli esami e le premiazioni. «Noi tre», racconta Carlo, «fratelli più grandi, Giacomo, io e la Paolina, davamo talvolta in ca-sa saggi quasi pubblici dei nostri studi». E da questa vita di sogge-zione continua e di regolarità uniforme veniva quel bisogno delle fo-le e delle novelle, che Giacomo raccontava e Carlo ascoltava a lun-go; e derivò presto quell'opposizione di pensieri col loro padre, che nei collegi è solita tra alunni e superiori. Giacomo «l'onorare i genito-ri non intendeva esserne schiavo». Ciò nei tempi in cui si confessa-va, poichè «ne fu dichiarato empio dal prete». Il noto dissidio tra padre e figlio, che ha diviso gli studiosi del Leopardi in due fazioni, quella dei Monaldiani e quella dei Giacomiani, nacque, o almeno fu reso facile o possibile, da questo fatto: che Giacomo, come i suoi fratelli, vide da fanciullo nel padre più il superiore che il genitore; e ciò attenua la colpa sì di Monaldo, se è di Monaldo, perchè egli ope-rava a fin di bene, sì di Giacomo, se è di Giacomo, perchè egli non credeva di fare tanto male. Col tempo,

Carlo lodò suo padre e della severa educazione e dell'istruzione «forse migliore di quella dei collegi», come lodiamo noi ora quel buon rettore di cui da ragazzi dice-vamo tanto male. Certo noi ameremmo o amiamo i nostri figliuoli in modo diverso; ma non si può dire che Monaldo non li amasse a mo-do suo. Oh! egli avrebbe fatto meglio, dico io nonostante le lodi di Carlo, a metterli a dirittura in un collegio vero e fuori di casa. Nella tristezza della solitudine, che si fa in esso così fiera nella celletta do-po il chiasso del giorno e il brusìo della sera, si sarebbero essi con tutta l'anima rivolti alla famiglia lontana. Pare assurdo il dirlo; eppu-re è così: al poeta del dolore mancò nella sua fanciullezza, un pò di dolore. Non ne ebbe assai, di dolore, Giacomo Leopardi, da fanciul-lo!
Io ricordo che strette al cuore sentivo quando mi giungeva, la notte, nella veglia non consolata, «il suon dell'ore». Era la voce della città straniera; non del borgo natio. E io pensavo a babbo e mamma. E Giacomo non poteva nemmeno fuggendo dal padre, correre al se-no della madre. Essa, tutta occupata nel restaurare il patrimonio Leopardi, non accarezzava i figli che con lo sguardo. Se era così dolce, come so io d'un'altra, come sanno tutti, o quasi, d'una, poteva bastare. Ma...

V.

Nell'instituzione di Monaldo era sopra tutto un vizio che egli con meraviglia s'intenderebbe rimproverare. Egli coltivò troppo in Gia-como il desiderio della gloria. È un'ambizione questa che si suole chiamare nobile; in verità non può esservi ambizione nobile, se nobi-le vuol dire buona. Ma lasciamo lì: io non voglio, nè so nè devo fare il moralista: certo mi piacerebbe che l'uomo facesse bene, senza aver sempre di mira un altro, di cui far meglio; e che specialmente nell'ar-te e in particolare nella poesia, la quale non è nessun merito far bene, perchè non si può far male; o si fa o non si fa; l'artista e il poeta si contentasse di piacere a sè senza cercare di piacere a tutti i costi agli altri e più d'altri. Lasciamo, ripeto: io voglio soltanto dire che questo smodato desiderio di gloria fu cagione d'infelicità a Giacomo Leo-pardi. Che smodato fosse in Giacomo ancor fanciullo, dice Carlo: «Mostrò fin da piccolo indole alle azioni grandi, amore di gloria e di libertà ardentissimo». Notiamo quell'amore di libertà, figlio non fra-tello, di quello di gloria, come è chiaro a chi legge il secondo de' Pensieri: «Scorri le vite degli uomini illustri, e se guarderai a quelli che sono tali, non per iscrivere, ma per fare, troverai a gran fatica pochissimi veramente grandi, ai quali non sia mancato il padre nella prima età...» E più giù: «la potestà paterna appresso tutte le nazioni che hanno leggi, porta seco una specie di schiavitù ne' figliuoli, che per essere domestica, è più stringente e più sensibile della civile». E che Giacomo adattasse al caso suo, o piuttosto ne derivasse, questo principio generale, non può esser dubbio a chi ripensi le sue parole: «Io non vedrò mai cielo nè terra, che non sia Recanatese, prima di quell'accidente, che la natura comanda ch'io tema e che oltracciò se-condo la natura avverrà nel tempo della mia vecchiezza: dico la mor-te di mio padre». Nel tempo della vecchiezza! nel quale, come egli osserva nel pensiero citato, l'uomo «non prova stimolo... e se ne pro-vasse, non avrebbe più impeto, nè forza, nè tempo sufficienti ad azioni grandi». Tuttavia osserviamo che egli conclude come sia utili-tà inestimabile trovarsi innanzi nella giovinezza una guida esperta ed amorosa, sebbene aggiunga che ne deriva «una sorta di nullità e del-la giovinezza e generalmente della vita». Ebbene che cosa poteva da ragazzo temer più che tale nullità, chi nel 17 affermava: «Io ho grandissimo, forse smoderato e insolente, desiderio di gloria; io vo-glio alzarmi, farmi grande ed eterno coll'ingegno e collo studio»; e nel 19: «Voglio piuttosto essere infelice che piccolo»? Questo voto, povero Giacomo, si adempiè. Ora come in lui, ancora fanciullo, fu coltivato il funesto desiderio, che dissi? Già il padre era stato da fanciullo (e continuò sempre a essere) animato dal medesimo senti-mento. Egli dice di sè, tra molte altre note che se ne potrebbero rife-rire: «È singolare però che io nutrivo brama ardentissima di sapere, e che allettato pochissimo dai trattenimenti puerili leggevo sempre, e più ostinatamente, quelle cose che meno intendevo, per avere la glo-ria di averle intese». E poi: «Mi sono

9

rassegnato a vivere e morire senza essere dotto, quantunque di esserlo avessi nudrita cupidissima voglia». E la cupidissima voglia si trasfuse in Giacomo che «dai 13 anni ai 17» scrisse da sei a sette tomi non piccoli sopra cose erudite: come dice egli stesso aggiungendo: «la qual fatica appunto è quella che mi ha rovinato»; e in altro luogo afferma d'essersi rovinato con 7 anni di studio matto e disperatissimo, e si sa che studiava sino a tar-dissima notte, ginocchioni avanti il tavolino, per potere scrivere fino all'ultimo guizzo del lume morente. Eppure, a differenza del padre, da fanciullo era allettato «dai trattenimenti puerili: dal che si deve dedurre, che del disperatissimo studio suggerito dallo smoderato desiderio di gloria, fosse, almeno in parte, causa l'educazione stessa che riceveva dal padre. Il quale nel 1801, per dirne una, aveva eretto in casa sua una accademia poetica, che vi durò tre o quattro anni e poi perì, quando non ebbe più la sua «casa paterna». Perchè Monal-do l'aveva eretta? Perchè «queste accademie sono un piccolo teatro in cui si può fare una qualche pompa di ingegno comodamente e senza bisogno di grandi capitali scientifici, eccitano alcun principio di emulazione, accendono qualche desiderio di gloria, impongono l'amore per lo studio o per lo meno la necessità di simularlo...».
A quelle accademie erano poi succeduti i saggi quasi pubblici dei figliuoli con presso a poco il medesimo intendimento. E Monaldo mostrava certo il suo compiacimento per la splendida riuscita del suo primogenito più che non lasciasse vedere la sua pena nell'accorgersi come, per usare le parole della contessa Teia-Leopardi, «il gracile corpo del figlio si sconciasse e alterasse pel faticoso e continuo ma-neggio di enormi in-folio e dei pesanti volumi della Poliglotta e dei SS. Padri». La medesima afferma che il conte Monaldo accarezzò grandemente questa tendenza del figlio. È vero che in altro luogo ricorda che il conte Monaldo stesso animava i figli a quegli esercizi che giudicava molto atti a svilupparne le membra. Nel che peraltro è da osservare che si tratta dei giuochi romani, e che con essi, sempre secondo la contessa Teia, il conte Monaldo voleva fomentare il gu-sto delle cose elevate, delle gesta e delle rappresentazioni eroiche. Io non intendo biasimare questo padre; ma certo egli stesso sarebbe sta-to più felice dell'amore dei figli, se ne avesse coltivato più le ten-denze umane che quelle eroiche, e li avesse voluti più affettuosi che gloriosi. È vero che non avremmo avuto forse un Giacomo Leopardi, ma egli non sarebbe stato così infelice. Ma è vero ancora che Gia-como comprendeva di poter scegliere tra la infelicità e la mediocrità, e che scelse la prima.
Forse non avremmo avuto... E se avessimo un Leopardi più lega-to di quello che pur è, alle memorie della fanciullezza? più poeta di quello che noi possiamo appena sognare che si possa essere?

VI.

Il più dolce e il più bello della sua poesia sta nel rimpianto di quello stato soave, di quella stagion lieta. Stato soave, stagion lieta, se crediamo a lui che tante volte e in tante forme lo dice. Ma si può avere qualche ragionevole dubbio che fosse così. Grato occorre, di-ce egli stesso,

Il rimembrar delle passate cose,
Ancor che tristo, e che l'affanno duri!

La qual sentenza, dell'Idillio XIV, parve al poeta troppo lata negli ultimi anni della sua vita: onde la limitò aggiungendo:

Nel tempo giovanil, quando ancor lungo
La speme e breve ha la memoria il corso.

Certamente accade in noi questo inganno continuo, che altri spie-gherà, ma che tutti, credo, possono avere sperimentato: che pensia-mo sempre che la felicità sia avanti noi, nell'avvenire, e proviamo sempre che è dietro noi, nel passato. Ciò in un andare di vita comu-ne, senza scosse soverchie. Questa illusione era anche del Leopardi, poichè grato gli era il rimembrare il passato, ancorchè tristo. E più doveva ubbidirle a proposito della sua fanciullezza di piccolo trion-fatore nei giuochi romani, di vincitore nei primi studi, in quanto che egli non ebbe, si può dire, che fanciullezza. La sua fanciullezza ap-passì come un fiore insidiato da un baco segreto, senza nè esser col-to nè allegare. Anche l'aspetto era, non si sapeva se di fanciullo o di vecchio: di giovane, non fu mai. Nè si sa, se di vecchio o di fanciul-lo fossero più certi suoi gusti, certe sue ripugnanze, certe sue golosi-tà, certe sue ritrosie. Anche i suoi amori somigliano a quei grandi tuffi di sangue, che ognuno ha provato da ragazzo, quando il genio della specie dorme ancora o ha appena un occhiolino aperto. La-sciamo Aspasia all'ammirazione degli uomini fatti: Nerina e Silvia sono le fanciulle che si vedono lontano, dalla finestra del collegio, e si rivedono da presso, nella passeggiata, con un sussulto che rende immobili, con una vampa che agghiaccia. Non ebbe giovinezza, dunque, e il ricordo della sua prima età adolcì o amareggiò, non so bene, quasi per intero, la sua vita di poeta e di pensatore, come di tale che, studiando sempre se stesso dalla sua esperienza e qualche volta dalla sua imaginazione e prendendo gli argomenti de' suoi giu-dizi, allargava sino alla storia del genere umano e dei popoli la con-clusione che egli aveva preso intorno a sè stesso. Nè solo è vero quello che un nobilissimo pensatore scrisse di lui, che «il ricordare trascorsi, il rimpiangere perduti (i primi anni) fu l'unica sorgente del-la sua poesia», ma altresì che della sua politica e della sua filosofia bisogna cercare la fonte in questo suo tempo migliore. Parrà strano a chi crede, come credono quasi tutti, a un mutamento radicale avve-nuto nelle idee e nei sentimenti del Leopardi dopo il 17. Ma io pen-so che nella sua vita accadesse invece come un cataclisma intimo, che la spezzò in due. Tra le due parti è un baratro; ma le due parti sono della stessa formazione. Quando avvenisse questo discidio, non si può dire a puntino: ci fu forse una lenta corrosione, piuttosto che un improvviso schianto; ma avvenne. Negli ultimi anni della sua vita egli derideva quel generale austriaco papalino che si portò così bene alla battaglia di Faenza: i papalini fuggirono, e li

....precedeva in fervide sonanti
Rote il Colli gridando: Avanti avanti.

Ebbene, più che dalla voce popolare, egli dovè udire, fanciullo, que-sto motto in casa del padre; che nella sua autobiografia ne riferisce altri, da quell'uomo mordace che era: «Il giorno 2 di febbraio del 1797, alla mattina, i Francesi attaccarono... Ben presto..., l'inimico si accinse a guadare il fiume; e vistosi dai popolani (papalini?) che i Francesi non temevano di bagnarsi i piedi: «Addio» si gridò nel campo «si salvi chi può» e tutti fuggirono per ducento miglia». E più giù racconta che i cannoni vennero caricati con fagioli, aggiungendo: «questa mitraglia figurò nella guerra fra il Papa e la Francia». Nella villetta di Posilipo in cui il poeta scriveva la Ginestra, sonò forse una sera la stessa risata che trent'anni prima aveva fatto eco, nel palazzo di Recanati, al racconto di Monaldo. E ci sono in vero molte diffe-renze tra l'autore dei Paralipomeni e quello dei Dialoghetti sulle ma-terie correnti? Il figlio scherniva, il padre malediceva per le male barbe Giacomo invocava il barbiere: Monaldo il boia. Ma infine i lo-ro sentimenti s'incontravano, sebbene non paresse nè agli altri nè a loro stessi. Giacomo amava la patria italiana. Egli scrive al Giordani: «mia patria è l'Italia; per la quale ardo d'amore, ringraziando il cielo di avermi fatto italiano». Ma aggiunge «perchè alla fine la nostra lette-ratura, sia pur poco coltivata è la sola figlia legittima delle due sole vere tra le antiche». È un amore dunque letterario quale poteva aver-lo da bambino, sebbene aspirasse allora più a erudizione che a lette-ratura. Ma avesse il suo amore ardente avuto altre origini o fini, Gia-como non potrebbe con ciò essere chiamato «patriota» come inten-deremmo noi ora. Bene lo credettero ai suoi tempi: «Quando

Gia-como (dice Carlo) stampò le prime canzoni, i Carbonari pensarono che le scrivesse per loro o fosse uno dei loro. Nostro padre si pelò per la paura». Eppure Giacomo scrisse quelle canzoni con lo stesso animo con cui tre o quattro anni prima aveva con un suo discorso plaudito alla caduta dell'oppressore e maledetto il tentativo di re Murat. E se ne accorsero poi i liberali e i carbonari, e presero in sini-stro la sua canzone sul monumento di Dante: al che il Poeta risponde «che non la scrisse per dispiacere a queste tali persone, ma parte per amor del puro e semplice vero e odio delle vane parzialità e preven-zioni; parte perchè non potendo nominar quelli che queste persone avrebbero voluto, metteva in iscena altri attori, come per pretesto e figura». Che non potendo parlare di Austriaci, egli parlasse di Fran-cesi, e adombrasse col nome di questi, che avevano, per esempio, degli itali ingegni

Tratte l'opre divine a miseranda
Schiavitude oltre l'Alpi,

quelli che, cogli altri alleati, erano stati autori di rincondurle in pa-tria; e potesse sperare che ad altri che a Francesi, si attribuisse, per esempio,

la nefanda
Voce di libertà che ne schernia
Tra il suon delle catene e dei flagelli,

a me non pare verosimile. Del resto, io non altro voglio indurre da questi fatti, se non che de' sentimenti suoi di prima del 14, è traccia ben distinta e nel 18, nel qual anno scriveva le due canzoni, e negli ultimi anni della sua vita, nei quali dettava i Paralipomeni. In politi-ca, in somma, sentì presso a poco sempre a un modo. I sentimenti che apprendeva in casa e certo ebbe da giovinetto sino almeno il 15, restarono in lui quasi immutati. Ce ne dispiace? Pensiamo che se per i grandi anni del riscatto avremmo voluto altro, ora però, ora e sem-pre, dobbiamo trovar giusto il suo «odio delle vane parzialità e pre-venzioni».

VII.

E in religione? Egli era da fanciullo veramente pio: pativa anche di scrupoli e giocava all'altarino con la sua sorella. Recitava alla Congregazione dei Nobili, nella chiesa di San Vito, i suoi sacri di-scorsi, e abbozzava inni cristiani. Come tetri questi inni! Al Redento-re egli diceva: «Tu hai provato questa vita nostra, tu ne hai assapora-to il nulla, tu hai sentito il dolore e l'infelicità dell'esser nostro...» A Maria: «È vero che siamo tutti malvagi, ma non ne godiamo: siamo tanto infelici! È vero che questa vita e questi mali sono brevi e nulli, ma noi pure siamo piccoli, e ci riescono lunghissimi e insopportabili. Tu che sei grande e sicura, abbi pietà di tante miserie!» Oh! certo il piccolo Giacomo leggeva un libretto, uno forse de' molti della sua madre severa, così severa, che appena appena sfiorava il suo visetto sparuto con la mano offerta a un bacio: uno di quei libri, nei quali ella segnava le morti de' suoi. Vi leggeva la terribile massima dello Ecclesiaste: Vanità delle vanità ed ogni cosa vanità! Ma in quei primi anni egli che abbozzava l'inno al Redentore («dice Gesù: dall'ora del mio nascimento infino alla morte mia sulla croce mai non fui senza dolore») doveva confortarsi con l'aggiunta, che trovava nel libretto: fuorchè l'amar Dio e servire a lui solo. E amava e serviva. Ma intan-to s'imprimeva sempre più nella tenera mente, disposta alla mestizia e alla devozione: «Rammenta che l'occhio non si sazia per vedere, nè l'orecchio riempiesi per ascoltare». Ruzzava e trionfava nel giardino paterno; e non importava che Carlo facesse l'uffizio di schiavo am-monitore:

esso poteva leggere nel libretto: «Non esaltarti per ga-gliardia o per beltà di corpo; la quale per piccola malattia si inasta e si disforma». Ardeva del desiderio di gloria: leggeva: «Dove sono... quei maestri...? di loro, si tace». In verità a me par di vedere nel lu-gubre libretto la traccia, o volete l'embrione, di tante poesie e prose del nostro Poeta. «La natura è scaltra e trae a sè molti, allaccia e in-ganna e sempre ha sè stessa per fine». Indifferente di noi fa il Leo-pardi la natura:

Ma da natura
Altro negli atti suoi
Che nostro male o nostro ben si cura.

«La natura fatica per proprio agio» commenterebbe il monaco pensoso. Altra considerazione: «povero ed esule in terra nemica do-ve incontro guerra ogni dì e grandissime sciagure...» Non pensava ad essa Giacomo non più devoto, non più pio, Giacomo negli ultimi tempi della vita, quando nella Ginestra stima gli uomini tra sè con-federati contro l'Inimico? Non ricordava, sia pure inconsciamente, il modo cristiano di figurarsi la morte, come un soave abbandono del capo stanco sul petto del divino Redentore, quando diceva:

Quel dì ch'io pieghi addormentato il volto
Sul tuo vergineo seno?

Vero che non è più il seno di Gesù. Il Leopardi ha trasformato Gesù nella Morte, adornandola delle bianche vesti che indossava la donna che comparve a Socrate e gli disse:

Giungere fra i tre dì tu puoi a le zolle di Ftia.

Non ricordava egli l'umile preghiera «Percuotimi gli omeri e il col-lo», l'umile confessione, «Non son degno se non di essere flagellato e punito», quando diceva, ribelle ai pensieri che alitavano dalla lon-tana fanciullezza.

La man che flagellando si colora
Del mio sangue innocente.
Non ricolmar di lode,
Non benedir com'usa
Per antica viltà l'umana gente,
Ogni vana speranza...?

Vana anche quella speranza, vano anche quel conforto! Egli ave-va cancellato la seconda parte di quella prima affermazione, e resta-va, cruda terribile la sentenza di Salomone:

Vanità delle vanità e tutto vanità.

Nè paia strano che il Leopardi attingesse da libri cristiani o religiosi la sua sconsolata filosofia. Lo osservò il Gioberti: «quando lo scrit-tore deplora la nullità di ogni bene creato in particolare,

E l'infinita vanità del tutto,

non fa se non ripetere le divine parole dell'Ecclesiaste e dell'Imita-zione». E, non so se dietro lui, la Teia scriveva: «Quale è il pensiero dominante negli scoraggiamenti, nei disgusti del figliuol di Monaldo? L'infinita vanità del tutto. E non è questo il mesto gemito di Sa-lomone già da tanti secoli? Vanitas vanitatum». Egli tutta la sua vita impiegò in commentare, ampliare, provare ciò che quei libri affermavano seccamente e solennemente. Ma ne aveva tolto già una parolet-ta di tre lettere, senza la quale quei libri divenivano vangeli di dolo-re: Dio.

Alle tante vanità proclamate nei libri sacri e pii, il grande pessimi-sta ne aggiunse una: una sola!

VIII.

Dal cristianesimo egli certo prese un suo paragone che riassume il concetto ch'egli ha, della vita umana:

Vecchierel bianco, infermo
Mezzo vestito e scalzo,
Con gravissimo fascio in su le spalle
. . . .
Corre via, corre, anela,
Varca torrenti e stagni,
Cade, risorge...

Non è questo il cristiano, che a imitazione del divino maestro, deve prendere la croce, cadendo sott'essa, risorgendo sempre con essa? «Dalla tua mano ricevetti la croce, la porterò e la porterò sino alla morte, così come m'imponesti». Quella del vecchierello non è una croce ma un fascio. Il poeta dissimula, il poeta sdegna l'immagine vera, che certo gli si era affacciata alla mente, ma è quella. Il Petrar-ca ha dato qualche colore e non altro: che il fanciullo antico si è ri-destato nel giovane trentenne e ha parlato col suo linguaggio d'allo-ra. Solo in fine, in vece della gloria e della felicità ultima, è un Abisso orrido, immenso
Ov'ei precipitando il tutto oblia.

Un altro paragone è in lui che compendia la sua filosofia. Il para-gone del letto. Ognuno ricorda sì questo del Leopardi, sì l'altro del Manzoni; i quali furono ingegnosamente paragonati tra loro da un terzo valentuomo. Il Manzoni e il Leopardi si assomigliano molto in quello in cui differiscono: sono due convertiti; ma l'uno a rovescio dell'altro. Il loro piccolo sunto di filosofia sembra ritratto e ricorretto di su un modello comune. Che non è di Dante, di Dante proprio, nè del Petrarca, nè d'altri, sebbene vi si trovi. È del cardinale Melchior-re di Polignac nel suo poema postumo Anti-Lucretius. Il poema fu tradotto due volte in versi italiani; e tutte e due le traduzioni, una col testo a fronte, si trovano nella biblioteca dei conti Leopardi. Il paragone del cardinale arcade è questo: «Come un malato si avvol-tola nel letto con le membra inferme, ora adagiandosi sul lato sini-stro, ora sul destro: e non giova: di che alza gli occhi, resupino: e non trova il sonno e sempre lo cerca; ciò che prima gli piaceva, poi lo tormenta e tortura; e non guarisce il suo male e nemmeno ne inganna la noia». Si vede che dai tre versi di Dante «simigliante a quella in-ferma Che non può trovar posa in sulle piume Ma con dar volta suo dolore scherma», si sono svolti alcuni particolari, che poi si ritrovano nel Manzoni e nel Leopardi.
Dice per esempio il Polignac: «quod illi Primum in deliciis fue-rat»; dice il Manzoni «e si figura che ci si deve star benone». Dice il Polignac: «Ceu lectum peragrat... In latus alternis laevum dextrum-que recumbens: Nec iuvat... Nusquam inventa quies; semper quaesi-ta»; e il Leopardi «comincia a rivolgersi sull'uno e sull'altro fianco... sempre sperando di poter prendere alla fine un poco di sonno... sen-za essersi mai riposato, si leva». Ma si può opporre che tutto era già in Dante o prima di lui in

14

Giobbe, e che non c'è bisogno di credere che il Leopardi e il Manzoni vedessero il Polignac. Or bene: nella prefazione dell'Anti-Lucretius, si racconta che il Cardinale, malato a morte, non trovando pace nel suo letto di dolore, si ricordò di quei suoi versi «nei quali paragona l'anima che ammalata e agitata dalla passione delle cose terrene non trova mai pace, a un corpo infermo». Si ricordò di quei versi e ripetè quel suo pensiero in alcuni altri versi bellissimi, cui gli astanti, nel loro dolore, dimenticarono tutti fuori di uno;

Quaesivit strato requiem ingemuitque negata.

verso imitato dal Virgiliano

Quaesivit caelo lucem ingemuitque reperta.

Questo racconto è tale, che i due nostri grandi scrittori doveva fermare, invogliare e commuovere. Il Polignac morendo applicava, in certo modo, il suo paragone non più all'anima insaziata dell'epicureo, ma alla vita umana. E la reminiscenza di Virgilio colpì partico-larmente il Leopardi. Si direbbe che, sulla fine della lugubre compa-razione, egli lasciasse il Polignac per Virgilio. Non c'è in lui quel ge-mito che chiude così tristamente la lotta; ma l'uomo, per lui, muore, come Elissa, quando vede la luce: la luce, ossia la morte. «Venuta l'ora, senza essersi mai riposato, si leva». Qual ora? L'ora del matti-no, poichè ha durato a rivolgersi, «sempre sperando (spem elusam, ha il Polignac) tutta la notte». Con l'aurora la morte, disse il mantis a Leonida. Ma possiamo noi esser certi che il Leopardi conoscesse quel poema? Certo egli l'aveva nella biblioteca; e si può supporre fa-cilmente che egli ammiratore di Lucrezio (che negli Errori Popolari è citato spessissimo) dovesse sin da fanciullo, quando la mente è di cera, leggere l'Anti-Lucrezio. Il padre non doveva lasciargli bere il veleno senza propinargli il contraveleno. Così questo, si può dire, la-sciò nella sua anima più traccie di quello. Egli ricavò bensì dal poeta Romano la descrizione dei primi momenti della vita dell'uomo, quando «La madre e il genitore prende a consolar dell'esser nato»; ma quanto più ha ricavato dal poeta franco-gallo! «Che ha a far teco la Natura? Matrigna certo, non madre la dirai, e invano la chiamerai, molto gemendo». Non aveva egli con queste parole appreso, fin da fanciullo, forse, a maledir la natura? Non discendono da queste pa-role i suoi rimproveri, tante volte poi ripetuti e in tante forme, a quel-la che «dei mortali È madre in parto ed in voler matrigna»? «O natu-ra, o natura, perchè non rendi poi Quel che prometti allor? perchè di tanto inganni i figli tuoi?». In questo libretto, forse, egli app-rese a disprezzare la felicità umana: «Appena le hai ottenute, le prendi a noia, cercando sempre in cose nuove ciò stesso che ti deluse quando lo provasti, e ti lasciò avido e desideroso di meglio». Da questo li-bretto forse egli apprese il presentimento di quel vano pentirsi, di quel volgersi indietro, quando la vecchiezza abbia inaridito le fonti del piacere, e siano «le pene Sempre maggiori e non più dato il bene». Trovava egli infatti qua e là nel savio e pio libro: «Ti staranno avanti gli occhi le gioie della vita trascorse e ti trafiggeranno il me-more cuore, come saette. Reo di lesa voluttà quegli che a sè fiero nemico si astenne dall'amore e dal vino, seguendo più gravi consi-gli». E il Leopardi scrisse:

A me se di vecchiezza
La detestata soglia
Evitar non impetro,
Quando muti questi occhi all'altrui core
E lor fia voto il mondo, e il dì futuro
Del dì presente più noioso e tetro,
Che parrà di tal voglia?
Che di quest'anni miei? che di me stesso?

Ahi pentirommi, e spesso,
Ma sconsolato, volgerommi indietro.

Nel libro declamatorio e, diciamolo, pedantesco egli notò forse pri-ma che in Giovanni le lugubri
parole: «Tu segui, invece della luce, dolci tenebre. Già, ti piacciono; la morte ti piace!» Potrei fare
altre citazioni; potrebbe, chi volesse, trovare altri raffronti, sfuggiti a me. S'intende che il Pastore
errante dell'Asia e il Gallo silvestre cantano con ben altra dolcezza e altezza! Ma qualche loro lugubre
nota riso-nò nell'anima del poeta dalla lettura destinata forse dal padre a pre-munirlo o guarirlo. Sono,
per esempio, al bel principio del libro V al-cuni versi, che dovettero fermarsi nella mente del
giovinetto lettore, per poi più tardi ridestarsi e riecheggiare: «non sei simile a quelli cui, dopo aver
fatti dolci sogni, è in uggia veder la luce del giorno quan-do... l'Aurora... li sveglia mal loro grado e
dissipa le ombre soavi. Chè l'errore piace più e sogliono sospirare trovando la luce, per la quale
ritornano le noie del Vero». Pensate come comincia il suo can-tico il Gallo silvestre: «Su, mortali,
destatevi. Il dì rinasce: torna la verità in su la terra e partonsene le imagini vane. Sorgete, ripigliatevi
la soma della vita; riducetevi dal mondo falso nel vero».
Dunque il cardinale di Polignac è un ispiratore del Leopardi? In vero questi vuol dimostrare, nel primo
libro e altrove, che la felicità umana è nulla e falsa senza e fuori di Dio. E le argomentazioni sue
s'impressero nel fanciullo credente. Poi Dio gli tramontò dall'ani-ma... e allora, «all'apparir del vero»
la Speranza cadde e mostrava a lui «La fredda morte ed una tomba ignuda», ignuda, senza la felicità
infinita ma postuma, che sola è, se è.
E intanto il Manzoni, sulla fine del suo Romanzo tirava «un po' cogli argani» una morale nuova dal
vecchio paragone, di cui non po-teva disconoscere la giustezza, e concludeva «E per questo si do-
vrebbe pensare più a far bene che a star bene, e così si finirebbe a star meglio».

IX.

Queste cose io ripensavo aggirandomi per i luoghi dove Giacomo Leopardi soffrì più che non visse,
e meditò che la vita è dolore. Il sole era veramente dileguato, gli uccelli si erano taciuti, pace avevano infine le nuvole, i monti di Macerata spiccavano appena nell'az-zurro, la valle del Potenza era
bruna e silenziosa. Appena appena gli ulivi facevano sentire qualche brivido secco, e un cipresso
nereggia-va sul colle dello «Infinito». E io imaginai il Poeta, ancora giovinet-to, seduto ancora dietro
la siepe: un fanciullo macilento, dal viso pallido e senile, coi capelli neri e gli occhi azzurri. Erano i
primi anni del secolo, e a me pareva che quel fanciullo che si rifiutava di guar-dare così bello e lontano
accavallamento di monti, la valle e il fiume, e si faceva riparo d'una siepe di sterpi per veder più lungi,
in una lontananza senza fine, rappresentasse la coscienza umana di quei primi anni. Un soffio di vento
che muove appena le foglie è la voce del presente, della vita. Che è essa rispetto all'infinito silenzio?
Un canto d'artigiano che passa, ecco il suono dei popoli antichi, ecco il grido degli avi famosi:

Tutto è pace e silenzio, e tutto posa
Il mondo, e più di lor non si ragiona.

Così meditava dopo il grande fragorìo della rivoluzione e dell'impe-ro il giovinetto smunto, dal viso
senile, in questo borgo solitario. Egli era ben disilluso degli sforzi umani per raggiungere l'inafferrabi-
le felicità, e non credeva nel progresso e non credeva nella scienza. Altri, presi dal medesimo
sconforto, nei medesimi tempi, si volgeva a Dio: egli non credeva nemmeno a Dio. E tutta la vita egli
rivolse all'Ignoto interrogazioni, le quali sapeva dover restare senza risposta.

16

E il fanciullo senile è ancora là, sente stormire le foglie e naufraga nel mare dell'Infinito. O siede, in forma di pastore, su un sasso della prateria, guardando la luna (appunto la luna falcata si mostrava su Monte Lupone) e chiedendo:

Che vuol dir questa
Solitudine immensa? ed io che sono?

Sì: la coscienza umana chiede ancora quello che chiedeva allora. Dobbiamo credere che ciò sia un sintomo di malattia o degenerazio-ne? O dobbiamo credere che sia naturale del pastore in tal modo af-fannarsi, come della sua greggia il posare? Non so: certo io rammen-to che qualunque sia la risposta che noi ci sentiremo dare, ella ci consiglia il bene. Che il fare bene non è solo la conclusione ultima della filosofia cristiana del Manzoni, ma anche di quella sconsolata del Leopardi. Poichè questi dopo avere mostrata la vanità del tutto, a parte a parte, della gloria, della libertà, del progresso, della vita; ha la visione dell'umanità futura, stretta insieme e ordinata, «negli al-terni perigli e nelle angosce della guerra comune».
Il poeta del dolore conclude adunque, non troppo diversamente dal poeta della speranza, così: noi stiamo tutti male: aiutiamoci dun-que tra noi infelici, difendiamoci, amiamoci.
Non diversa la conclusione, come non dissimili le premesse. Per-chè? Elle furono poste, ripeto, da tutti e due in quei primi anni del secolo, durante e dopo quel tanto «affaticare» che parve non fosse giovato a nulla. Parve al Leopardi nella sua fanciullezza, e seguitò a parer dopo, perchè in lui la fanciullezza fu tutta la vita. E per ciò egli è il poeta a noi più caro, e più poeta e più poetico, perchè è il più fanciullo; sto per dire l'unico fanciullo che abbia l'Italia nel canone della sua poesia. O mesta voce di fanciullo, ineffabilmente mesta, quando anche si volgeva a Gesù! La dolce fede divina già non gl'impediva, nel suo tempo felice, nel suo sabato, di credere all'im-medicabile infelicità umana; come il mancare poi di essa fede non gli impedì di credere al grande ma unico e non solito, ahimè, nè facile conforto: allo amore!

Imaginiamo d'essere trasportati al 1835, e di conoscere di Gia-como Leopardi quello che allora il pubblico poteva conoscerne, cioè quanto ne abbiamo fin ora alle stampe, meno il Tramonto e la Gi-nestra. Leggiamo l'ultima delle operette morali: il dialogo di Tristano e un amico. Già il dialogo è alla sua fine. Dice Tristano: «Se ottengo la morte, morrò così tranquillo e così contento come se mai null'altro avessi sperato nè desiderato al mondo. Questo è il solo benefizio che può riconciliarmi al destino...».

L'amico tace. Egli sente sopra il capo senile del giovane poco più che settilustre il ventilare delle ali della bellissima fanciulla. La fron-te dell'aspettante è eretta, il suo cuore ha gettato da sè ogni vana speranza. La fanciulla che sottoporrà dopo due anni il suo virgineo seno a quel volto esile e smunto, la fanciulla non ha per mano il suo gemello, ch'ella gode

accompagnar sovente;
e sorvolano insiem la via mortale.

Tristano continua e conclude «Se mi fosse proposta da un lato la for-tuna e la fama di Cesare e di Alessandro netta da ogni macchia, dall'altro di morir oggi, e che dovessi scegliere, io direi, morir oggi, e non vorrei tempo a risolvermi».

L'amico tace. Ma ogni lettore di Giacomo Leopardi si sente a questo punto di prendere le parti di quel freddo personaggio di giu-dizio, e parlare al poeta. Io voglio parlare per lui. Il poeta è presente nell'opera sua, usque recens. Voglio parlare al poeta, e dirgli:

I.

- O Tristano, o tetro amante della morte, sei tu davvero così mor-to spiritualmente come affermi? è vero proprio che in cotesto desi-derio di morte, non ti turbano più come solevano, la ricordanza dei sogni della prima età e il pensiero d'essere vissuto invano?

Altra volta ciò ti parve, o Tristano, e il cuore ti parve perduto e morto, incapace di provare pure il dolore. Quella volta non potevi nemmeno più piangere la sparizione degl'inganni primi, dei dolci in-ganni delle vaghe immagini. La tua vita era un deserto allora, come ora. La dicevi allora spogliata, esanime. Mancavano allora

all'anima
alta, gentile e pura,
la sorte, la natura,
il mondo e la beltà;

sapevi che l'infelicità umana era immedicabile, che la natura era sor-da e nemica, che gli uomini non ti volevano e potevano dare nè la gloria nè la pietà, e che vano, in ultimo, vano era anche l'amore. Nè ti ricredesti, so bene, ma il tuo cuore riacquistò la potenza di rim-piangerlo, quel beato errore; e il dolore, secondo una tua parola di grande virtù nelle nostre anime, ti venne a consolare. E da quel rim-pianto noi avemmo nova gioia di canti; gioia: perchè il dolore del poeta è di così mirabile natura che anche quando il suono ne è triste, l'eco ne è dolce.

E ora? Aggiungi che ora, o Tristano, si appressa il momento che tu dormirai per sempre. E noi vogliamo la tua ultima parola. E sap-piamo che questa, che hai pronunziata or ora, non è per essere utile, come certo non è dolce ai tuoi fratelli. Ma dei poeti grandi come sei tu, è somiglianza col frumento della terra, che solo dopo battuto e franto, dà il pane di vita. Dà a noi, o poeta, che abbastanza, credo io, sei stato battuto e franto dalla natura e dagli uomini, dà ora a noi il pane di vita, il supremo ammonimento del tuo dolore. Ma sarà possibile? Tu sei morto spiritualmente, dici.

II.

Vediamo. La gloria non ti sorride dunque più? Eppure, a me pare che questo sogno di fanciullo ti debba rimanere. Da fanciullo, meno che ventenne, professavi: «Io ho grandissimo, forse smoderato e in-solente, desiderio di gloria». Certo poi, sett'anni dopo, la gloria che sola t'era concesso di cogliere, quella «a cui si viene talora colla sa-pienza e cogli studi delle buone dottrine e delle buone lettere», ti parve tale da essere tenuta «in piccolo conto per comparazione alle altre», e ti parve che fosse ben difficile a conseguir tra i viventi, e non senza compenso di fastidi e dolori, e pur difficile a ottenere e conservare tra i posteri e senza tuttavia alcun frutto di felicità. Ti parve che ella portasse a' suoi cultori il destino «di condurre una vita simile alla morte, e vivere, se pur l'ottengono, dopo sepolti». Ironia! E dopo ancora t'accorgesti che il tristo secolo non apprezzava inge-gno e virtù, e che pur quest'inutile gloria mancava ai degni studi. Non ostante mi parrebbe che ora tu dovessi sentire nella pallida fronte la ventata dell'avvenire: il soffio che viene dall'isola lontana la quale interrompe l'infinito mare della morte.
No. Se ti si offrisse invece di questa gloria inferiore, che viene dallo scrivere, quella maggiore che nasce dal fare, e ti si offrisse in sommo grado e senza alcuna macchia, e ti si desse a scegliere tra quella e la morte, tu sceglieresti la morte. La gloria è vanità.

III.

Ma in vero c'è qualche cosa di meglio. Tu dicesti, quattr'anni so-no: «Io non ho bisogno di stima, nè di gloria, nè d'altre cose simili, ma ho bisogno d'amore!» E per il tuo cuore basterebbe, credo, anche quello che tu, così vivamente, chiamasti «amor di sogno», simile a quelle meteore spirituali che scoppiano nel silenzio del sonno, e la-sciano, al risveglio, l'anima rinverdita e rinnovata come dal refrigerio d'una tempesta. Al tuo cuore basterebbe dell'amore il lampo, che da lontano esso, nuvola temporalesca e fecondatrice della nostra vita, manda, quel lampo che è illusione, o quell'ombra che getta pur da lontano, trascorrendo via, quell'ombra che è dolore. Ti basterebbe ri-pensare, con un risveglio di palpiti, quella cara beltà che ti appariva, quand'eri poco più che fanciullo, ti appariva, ma sempre lontana e nascondendo il viso; ti basterebbe sperare che, quando puro spirito movessi per vie inusitate ad ignoto soggiorno, ella ti si facesse in-contro, viva, e venisse con te compagna. Ti basterebbe risentire l'af-fetto acerbo e sconsolato nel ricordare il suono della voce e il rumo-rio del telaio di Silvia; ti basterebbe riprovare i palpiti della rimem-branza acerba, rivedendo la finestra deserta, nei cui vetri si rifletto-no le stelle, e donde già ti parlava Nerina! O vorresti ritornare alla ancor recente primavera di Firenze, quando tra i novelli fiori ti ap-parve novo ciel, nova terra? ti apparve l'allettatrice, vestita di viola,

inchino il fianco
sovra nitide pelli e circonfusa
d'arcana voluttà?

E nella tua mente dileguarono tutti gli altri pensieri e solo quel pen-siero d'amore vi stette come una torre, e quel pensiero vi verdeggiò come un'oasi, e quel pensiero vi dominò come un incantesimo mera-viglioso che t'inalzava a un'immensità nova! Sogno, sì, anche quel dolce pensiero, ma di natura divina:

perchè sì viva e forte
che incontro al ver tenacemente dura,
e spesso al ver s'adegua,
nè si dilegua pria, che in grembo a morte.

Solo con quel pensiero la vita poteva vincere in gentilezza la morte... sebbene quanta, per quello, era pur la gentilezza del morire! Ecco la morte prendere la figura della donna apparsa nella prigione a Socra-te, e le ali dell'angelo, e il seno del Redentore in cui volentieri si ri-posa. Tutto ciò che di più grande, di più alto, di più santo, imagina-rono, sognarono, soprasentirono gli uomini, tu lo richiamasti al tuo pensiero, per adornarne la sorvolatrice della nostra via, la compagna dell'amore. Oh! tu la desiderasti sempre la bella morte, sin dal co-minciar degli anni, quando contemplavi la fontana, con gli occhi pensosi della fine; ma il tuo desiderio si mescolava poi al pianto amaro. Ora no: il desiderio nasceva languido e stanco insieme con l'effetto d'amore, ed era gran parte della soavità di quello. Ma anche cotesta dolciura dell'anima passò: sottentrò la notte senza stelle, in-vernale. Era un inganno e tu ti accorgesti con ira dell'errore e dello scambio. Aspasia era una figlia della tua mente...
Anche l'amore, vanità!

IV.

Ma ti restavano con la loro infinita bellezza la terra e il cielo, Non ricordi, Tristano, gli occhi del tuo borgo, fiammeggianti dietro monti lontani, e la siepe dell'ermo colle, e la luna pendente su esso, e la pioggerella mattutina che picchiava alla tua villetta, e le stelle dell'Orsa scintillanti sul giardino, e le lucciole erranti per le siepi, e lo schiarirsi del cielo dopo la tempesta, e il suo incupirsi dopo il crepu-scolo, e il ritornare sotto la luna le ombre sparite allo sparire del sole? Non ricordi i gorgheggi dell'usignolo nell'ozio dei campi; e il canto del passero solitario dalla torre: il canto che erra in disparte nella val-le, mentre nel borgo è il rombare delle campane e il crepitare dei mortaretti; e il cadenzato gracidìo delle rane e lo stormire dei cipres-si e i silenzi altissimi dei meriggi, e il cantarellare di donna che sfac-cenda nella casa serrata, e la canzone che nella notte del dì di festa muore a poco a poco lontanando per i sentieri, e i tocchi della cam-pana che veniva a farti compagnia nelle notti di veglia e di paura? Ricordi, certo. Ma ora giaci sull'erba, neghittoso e immobile; guardi il mare, la terra e il cielo; e sorridi d'un sorriso amaro.
Vanità anche quest'infinite bellezze.

V.

Non c'è che la morte.
Ed anche la morte non è più la bellissima fanciulla alata che ti ap-parve in quella scossa d'amore. La donna che sognò Socrate, era ammantata di bianco. Ora tu la dici velata di neri panni, cinta d'om-bra trista. Ella ti conduce a Ftia zollosa, al porto; ma il porto tu lo dici piu' spaventoso d'ogni tempesta. E poi, se chi muore può dirsi libero del peso della vita e si ha da considerare avventurato, che ne è di chi resta? di chi rimane senza sè stesso, e si vede portar via

la diletta persona

con chi passata avrà molti anni insieme,
e dice a quella addio, senz'altra speme
di riscontrarla ancora
per la mondana via!

E quella è diventata polvere e scheletro, ossa e fango, fango e ossa: vista vituperosa e terribile da
nascondersi agli occhi di chi pur l'amò. Tu dicevi che agli uomini non era stato dato di bello che
l'amore e la morte. L'amore era un inganno, l'estremo inganno. Perì. Nè speranza più, nè desiderio.
Non restava che il morire, dunque. Tu dicevi:

al gener nostro il fato
non donò che il morire.

Ora anche il morire e' infelice e la natura anche in questo è crudele. Tu non lo sapevi poco fa, quando
pur suggerivi al tuo cuore stanco:

Ormai disprezza
te, la natura, il brutto
poter che, ascoso, a comun danno impera,
e l'infinita vanità del tutto.

VI.

Del tutto! E la tua patria italiana, o Tristano, la tua patria, per la quale ardevi d'amore, ringraziando il
cielo d'averti fatto italiano, quella a cui ventenne, nel compiere anzi il ventesimo anno, dicevi con
voce di delirio: «O patria, o patria mia: non posso spargere il sangue per te, che non esisti più»; quella
a cui, nella tua veemente canzone, auguravi la gloria e il ferro, a cui consacravi il tuo sangue, che
doveva essere foco agl'italici petti, quella tua patria che intanto ha cautamente, lentamente, alzata la
faccia di tra le ginocchia, e s'è guardata attorno, e s'è provata di alzarsi su' due piedi, e s'è alzata, e già
fa tintinnire le catene di cui è avvinta? Più tardi dicevi che dalle donne non poco aspettava la patria,
e volevi la nuova stirpe amante del pericolo e della virtù, della sudata virtù; e, con una penetrazione
dell'avvenire meravigliosa in un giovine conte dello stato pontificio, cresciuto nell'ombra della
biblioteca e della chiesa, sotto lo sguardo d'un uomo ligio al governo clericale e nemicissimo d'ogni
novità, vo-levi educazione forte, e armi.
E ora dunque, o Tristano? Leggo in una tua lettera: «Sapete che io abbomino la politica, perchè credo,
anzi vedo che gli individui sono infelici sotto ogni forma di governo, colpa della natura che ha fatto
gli uomini all'infelicità».
Ad Aspasia scrivevi così. Eppure in altri tempi dalla considera-zione dell'infelicità umana traevi ben
altre conclusioni. Dicevi che, poichè la nostra vita non vale se non a spregiarla, poichè è beata solo
nell'oblio di sè stessa tra i pericoli mortali e nella gioia d'essersi da quelli poi sottratta, il forte non
poteva far cosa più a sè utile, oltre che bella, che cimentare quella vita per la patria.
Come la conclusione oggi è così diversa? Perchè quel sogghigno di malaugurio nel vedere

le barbe ondeggiar lunghe due spanne;

nell'udire, la setta sorta tra i topi ragionar con forza e leggiadria d'amor patrio, d'onor, di libertade?

Non fuggiranno già sempre i topi congiurati! Nè sempre, già allora, erano fuggiti, avanti i granchi! E s'avvicina il tempo in cui apprende-ranno a resistere e ad assalire, a morire e a vincere; e molte nobili te-ste, con le barbe o no, o Tristano, saranno strette dal laccio o recise dalla scure. Sta per fluire, o Tristano, il sangue generoso, a fiotti, il sangue che sarà fuoco, fuoco inestinguibile, che ridurrà in cenere il passato di schiavitù e abbiezione, che pur hai detestato con la parola giovanile!
Vanità, vanità: dice il tuo cuore, stanco.

VII.

Vanità i severi economici studi, vanità ogni speranza di migliora-mento sociale. Tu ridevi, scrivendo ad Aspasia, della felicità delle masse, perchè, aggiungevi: «il mio piccolo cervello non concepisce una massa felice, composta d'individui non felici». Tu aggiungevi ancora: «I miei amici si scandalizzano; ed essi hanno ragione di cer-care gloria e di beneficare gli uomini; ma io che non presumo di be-neficare, e che non aspiro alla gloria, non ho torto di passare la mia giornata disteso su un sofà, senza battere una palpebra». E tu con-fermi queste terribili parole col tuo presente ragionamento e coi geli-di amarissimi versi al candido Gino. Felicità comune? vanità! Scien-za? vanità! Progresso? vanità! Anche la poesia, che non può essere utile, che non può cantare

i bisogni
del secol nostro e la matura speme,

anche la poesia è dunque vanità.
Tristano! Eppure io non sono come gli altri amici tuoi che si scan-dalizzano.
Io so il perchè.
E io so che, per grande poeta che tu sia, il tuo tempo non è ancora venuto. Tu non sei il vate delle ardenti rivoluzioni nazionali; tu non sei il profeta delle cupe secessioni sociali. Riconquistati i confini del-le patrie, ricostituiti i diritti delle classi, verrà il tuo evo. Perchè in vero tu contempli il genere umano da così sublime vetta di pensiero e dolore, che non puoi scoprire, da così lungi e da così alto, tra gli uomini, differenza di condizioni, di parti, di popolo, di razza.
È un formicolìo di piccoli esseri uguali: e se n'alza un murmure confuso di pianto.

VIII.

O Tristano! Tristano! E tu dunque avrai avuto per tua parte il cuo-re così nobile, l'intelletto così alto, e così singolare di sventura il de-stino, senza utile nostro, di noi, che siamo tuoi fratelli in dolore? Abbomini la politica, ridi della felicità delle masse: colpa della natu-ra, ripeti. Non c'è dunque nulla da fare? Non c'è più che da guarda-re stupidamente in viso questa ridicola esistenza? Vano cercare, co-me la panacea, così il farmaco che faccia obliare, sia pure per brevi momenti, il dolore e l'ira? che li attenui almeno? Sei tu davvero, ri-peto, così morto spiritualmente? Sei tu già davvero di là, e come l'Aiace omerico, insensibili alle dolci parole, silenzioso e irato, te ne andrai «tra le altre anime verso l'Erebo dei morti»? -
Questo io imagino si potesse dire al poeta di Recanati, quando de' suoi canti erano noti quelli dell'edizione del 1835, insieme con le operette morali. Dopo quell'anno egli fu sulla terra altri due anni ap-pena. Non avrebbe dunque risposto all'interrogatore?

Rispose.

Dopo la sua morte, ott'anni dopo, comparvero altre due poesie di lui: il Tramonto della luna e la Ginestra. Fu come se il poeta del do-lore e della morte parlasse d'oltre tomba. E in vero sono due canti che hanno della tomba la risonanza solenne, l'efficacia persuasiva. Sembrano due supreme testimonianze.

Egli lontano, per così dire, tra una luce pallida, cui sottentrò il buio eterno. Il paese illuminato dalla luna, già al confine del cielo, era ridente, variato di vaghe ombre. Ma la luna tramontò. Tutto di-venne oscuro.

Risuona un canto mesto di saluto all'ultimo raggio. Il viatore è rimasto senza più guida. Così nella vita umana, quando è finita la giovinezza. Gl'inganni, i dolci errori, le speranze che si appuntaro in un remoto avvenire, rientrano nell'oscurità. La quale oscurità non sa-rà mai vinta dall'aurora. Ancora un po' di notte, poi la tomba Quali sono quelle lontane speranze? quale l'altra luce e l'altra aurora che è vano sperare dopo il tramonto della giovinezza?

Si allude, forse, a ciò che nell'Amore e Morte già disse:

Ogni vana speranza onde consola
sè coi fanciulli il mondo,
ogni conforto stolto.

Il canto che salutava

con mesta melodia
l'estremo albor della fuggente luce,

è un canto di disperazione. D'oltre tomba il Poeta sembra reiterare le lugubri parole: «Vanità! vanità! Nella vita umana non c'è di buono che la giovinezza, ed anche in essa il bene non è che l'aspettazione del bene o la interruzione del male. Sparita la giovinezza, in cui non sono pur se non ombre e sembianze al lume della luna, non aspetta-tevi, o uomini, che sorga l'alba dall'altra parte. Ombra, inganno, sogno, o uomini, la vostra speranza di rivivere morendo! La morte è».

IX.

Ma non quella fu l'ultima voce del poeta. Il Poeta, lontanando tra la luce pallida della luna occidente, accennò a una ginestra. Ad essa parlò nella tenebra che cresceva e in cui correva un bagliore d'incendio. Le parole che egli indirizzò agli umili steli, sono pur tristi; ma quegli steli hanno un fiore. Come nel Tramonto della luna, tra lo spa-rir delle ombre, nell'ombra unica e totale e sempiterna, s'inalza quel mesto canto del carrettiere, dalla sua via (dalla via umana, dalla vi-ta); così nell'ultimo lugubre poema, tra una che io direi desolata ma-cerie di pensieri e di imagini sinistre, spicca quel fiore col suo pro-fumo che il deserto consola.

C'è dunque nel deserto della filosofia Leopardiana un fiore genti-le che manda il suo profumo d'odore dolcissimo

quasi
i danni altrui commiserando, al cielo.

Oh! quali danni! Ecco un deserto di lava e di cenere, ecco al ri-cordo una silenziosa campagna memore d'un impero perduto, ecco su noi un cielo notturno gremito di stelle, ecco sotto noi una terra

che ha nel suo seno città sepolte: vediamo uno scheletro di città messo all'aperto, una fiamma che guizza tra le rovine come una fiac-cola misteriosa che si aggiri in un palazzo vuoto. Su tutto domina il simbolo della distruzione: il monte sterminatore. E si hanno un volo e una caduta di una terribilità vertiginosa. Sopra il monte ardente, il cielo stellato. Guardate quelle stelle, poi quella nebbia di stelle, con-cepitene la grandezza. Ecco, il monte è sparito, la terra non è che un granello di sabbia. Un pomo cade dall'albero, senza sforzo, per la sua maturità. Questo piccolo tonfo vuol dire la rovina d'un popolo di formiche. I boati profondi del Vesevo sterminatore non sono nem-meno comparabili a quel lieve tonfo d'un pomo marcio che si schiac-cia a terra. Noi inabissiamo in pensiero, come ci accade talora in so-gno, quando ci abbandona a un tratto il peso.
Nessun commento potrebbe farsi più espressivo alla massima fu-nerea

da Natura
altro negli atti suoi
che nostro male e nostro ben si cura!

X.

Il poeta mette gli uomini tra la tenebra, tò scótos e la luce, tò phôs. Essi hanno preferito tò scótos.
«E gli uomini amarono meglio la tenebra che la luce». Quale è la luce? la sinistra fiaccola che gira nel palazzo vuoto? il baglior della lava? Certo è la verità, e la verità discopre, per il Leopardi, la rovina e la morte, la morte totale ed eterna; come quel bagliore,

che di lontan per l'ombre
rosseggia e i lochi intorno intorno tinge,

non rivela che macerie, nell'orrore della notte, e vacui teatri e templi deformi e rotte case, uno scheletro di città; rivela che tutto è in balia del caso, che non esiste legge di progresso, che aspra è la nostra sor-te e depresso il loco, e tutto passa e tutto muore.
La vita umana è un deserto su cui domina la minaccia eterna del-lo sterminio. Questo è tò phôs. Ma l'uomo alla luce rivolge il tergo vigliaccamente; gli piace d'illudersi, sogna progresso, libertà, civiltà, grandezza, provvidenza, eternità. Superbe fole! che già cominciate a distruggere, tornano ora a rifiorire. L'uomo ha paura della morte e pargoleggiando si dà a credere di essere immortale. Questo dice l'ul-tima voce del poeta; e fin qui si può dire che si ripeta. Si può anzi domandargli: - E perchè invidiare la soave illusione a' tuoi simili, o Tristano? Perchè chiamare, in certo modo, vigliacco il povero bam-bino che teme del buio? che utile c'è nel confermargli la sua paura? nello accrescergliela? Egli è adunque al buio, il povero bambino, ma pensa: Di là c'è mamma che ha il lume acceso o lo accenderà a una mia chiamata. No: tu suggerisci al suo cuore: no, no: non è tua ma-dre, e non è là col lume acceso o da accendersi a un tuo lamento: è la matrigna, matrigna in volere se anche madre in parto; ed è uscita, perchè non si cura di tuo bene o di tuo male, e pensa a tutt'altro. Trema, piangi e dispera: il buio è infinito. L'alba non verrà mai. Quando canterà il gallo, tu ti leverai per adagiarti nella sepoltura.
O poeta, è questa l'ultima tua parola? -

Ricordiamo una sua frase: «che i miei principii sieno tutti negati-vi, io non me ne avveggo». Si sbagliava? Sarebbe inverosimile. Egli sentiva che dalla sua filosofia negativa scendeva una grande affer-mazione. L'affermazione che egli stupiva non balenasse ai lettori delle sue sconsolate prose e poesie, egli la esprime qui, nel suo poe-ma lugubre e ultimo. Egli dice che la morale risultante dalle creden-ze religiose non è efficace:

superbe fole
ove fondata probità del volgo
così star suole in piede
quale star può quel ch'ha in error la sede.

L'aveva già detto nel dialogo di Plotino e Porfirio, questo, adom-brando nelle credenze di Platone, altre a lui care nella sua fanciullez-za. Egli aveva detto che «quei dubbi e quelle credenze (circa lo stato nostro dopo morte) spaventano tutti gli uomini in sulle ore estreme, quando essi non sono atti a nuocere», e spaventano i buoni e i timi-di, non gli altri. Egli aveva detto che non tali sospetti di pene e di calamità future, ma «le buone leggi, e più la educazione buona, e la cultura dei costumi e delle menti, conservano nella società degli uo-mini la giustizia e la mansuetudine». Egli aveva negato insomma che dalle credenze religiose derivasse alcun frutto di virtù per gli uomini, affermando che non ne deriva se non una maggiore infelicità per quelli che trovando insopportabile la vita, avessero voluto cambiarla con la morte.
Troppo più egli dice nella Ginestra, nella quale riassume e compie, e in parte, direi, corregge tutti i suoi principii sparsi nei canti e nelle operette morali. Egli proclama che nella sua filosofia è un principio sul quale può edificarsi un inconcusso sistema di morale; e questo principio è la coscienza della nostra bassezza e fralezza.
Ecco la luce. E il poeta del dolore, il filosofo del nulla, parla ora come un sacerdote: il sacerdote, per così dire, della irreligione.

Egli aveva detto: Uomini, felice la greggia che giace placidamen-te al lume della luna! Essa non sa la sua miseria, non sa di dover mo-rire. Voi sì lo sapete, o mortali.
Egli aveva detto: «Laddove tutti gli altri animali muoiono senza timore alcuno, la quiete e la sicurtà dell'animo sono escluse in perpe-tuo dall'ultima ora dell'uomo».
Ora egli dice:
Il solo progresso umano possibile sta nel procedere della cono-scenza del vostro destino.
È l'orrore avanti la natura che vi minaccia continuamente, e cie-camente vi affligge e stermina, che deve essere base, radice, della giustizia e della pietà. E quest'orrore bisogna che non lo vinciate dando retta ad ingannevoli promesse; voi lo dovete provare intero e assoluto. Progredire la società umana non può che verso la verità, e la verità è questa: la morte. Avanti dunque verso la morte!
Ma voi volete arretrare.
E io vi dico che dovete avanzare, dovete gettare le illusioni, do-vete acquistare la coscienza della vostra piccolezza, della vostra soli-tudine, della vostra miseria, del vostro essere fortuito ed effimero.
Perchè da cotesta coscienza verrà in voi lo appaciamento degli odi e delle ire fraterne, ancor più gravi d'ogni altro danno; verrà il vero amore che vi farà finalmente abbracciare tra voi, porgendo va-lida e pronta ed aspettando aita negli alterni perigli e nelle angoscie della guerra comune.

Da cotesta coscienza verrà insomma la bontà, come dal deserto di lava e di cenere spunta l'odorato fiore.

XIII.

E guardate le stelle. Pensate, che fu un tempo in cui esse erano credute come appaiono, piccole, atomi di luce.

E la terra allora pareva grandissima al suo abitatore il quale cre-deva sè stesso dato signore e fine al tutto.

Invece è la terra che è piccola, minima, un granello di sabbia. Credere la terra grande e le stelle piccole; o credere, come sono, in-finite di numero e di grandezza le stelle e minima la terra: ecco le due religioni, ecco lo scòtos e il phôs, la tenebra e la luce.

Guardate il Vesevo sterminatore, il bagliore di lava fiammeggian-te nelle tenebre, la fiaccola che s'aggira in un palazzo vuoto, guarda-te la morte.

Guardatela in faccia senza piegare codardamente il capo e senza erigerlo orgogliosamente. Voi sentirete la necessità di essere in pace coi vostri simili.

E non dite che sì, che tutti lo sanno di essere mortali, ma che ciò nessuno ha trattenuto mai dal male. Io vi dico che non basta saperlo, bisogna averne satura l'anima e non avere nell'anima che questo.

Sanno anche, gli uomini, che le stelle sono grandi, o a dir meglio se ne rimettono con ozioso assentimento ai dotti che lo affermano. Lo sanno insomma, ma non lo pensano ancora. Verrà tempo che lo penseranno.

Giova sperarlo per il bene o per il meno male del genere umano; giova sperare che gli uomini i quali cominciarono come la greggia col non sapere di essere mortali e che poi dalla loro greggia si sono di-stinti, si può dire, per questo solo sapere di essere mortali, ma via via vigliaccamente hanno adombrata o nascosta questa conoscenza, hanno cercato, infelici! di uccidere la morte e di frodare il destino; si rimetteranno coraggiosamente nella loro via: nella via oscura, solita-ria, tutta rovina, tutta cenere infeconda, avanti cui guizza la fiamma della morte, su cui splendono le stelle dell'infinito.

Infelici siete, infelici sarete; ma allora, i vostri compagni di via, voi li amerete, o uomini mortali.

XIV.

Questo dice Giacomo Leopardi nel suo poema postumo. Che egli dica il vero non voglio affermare nè negare. Ma consideriamo. Egli è un precursore. Egli dopo la caduta dell'impero Napoleonico e prima d'ogni moto italico, prorompeva nel suo fatidico grido:

l'armi, qua l'armi!

preannunziando Vittorio Emanuele e Garibaldi. Ma andava anche più lungi. Egli prima ancora che l'Italia si fosse cominciata a fare, sentiva il rumore d'una marea lontana. Quella che noi ascoltiamo ora con profondo terrore, con profonda tristezza, con profonda dub-biezza, egli la sentiva allora.

L'Italia è fatta, e sui nostri capi passa il presentimento d'un disa-stro; d'un disastro che sta per cogliere il genere umano; d'un disastro contro il quale, aver fatta l'Italia è per noi come per il contadino aver messo al coperto il grano avanti la minaccia d'un temporale che por-terà via la casa e tutto.

Egli lo provava sin d'allora questo medesimo presentimento, e gittava, anche per questo, il suo grido fatidico: Non incolpate, o uomini gli uomini delle vostre miserie! Abbracciatevi, o stolti: ama-tevi.

Egli c'invitava a salir con lui a quell'altezza di pensiero e di dolore dalla quale chi abbassa lo sguardo, non vede che simili.

Ci siamo noi ancora saliti?

Ad ogni modo, io sento che questa è parola che l'umanità deve tesaurizzare, perchè è fata per sopire l'odio. Ve n'è un'altra, di paro-le, che ha questo medesimo fine, sebbene venga da tutt'altre premes-se. La parola della disperazione e quella della speranza somigliano. Si può solo disputare, quale sia per avere maggior efficacia: ma so-migliano.

Io ricordo che per me (non sembri irriverente qui un mio ricordo di fanciullezza), prima che la ginestra fosse il fiore del deserto, il fio-re della negazione, era quello che in più gran copia mietevamo noi fanciulli, per i greppi d'Urbino, nelle feste religiose dell'estate. Quei giorni portavamo nelle nostre passeggiate pomeridiane, dopo la be-nedizione celebrata nella chiesa del collegio con tanti ceri e fiori e suoni e canti un non so che di dolce e di solenne, di tenero e di nuo-vo, come un profumo d'incenso, un'eco di inni, nel nostro cuore pio. Spogliavamo le ginestre nel nostro cammino a gara; poi tutti insieme nella strada maestra dipingevamo con gli odorosi petali d'oro una ghirlanda, con in mezzo le sigle così ingenue e grandi I. M. I. Chi doveva porre il piede su quel tappeto di gloria, fatto da fanciulli, tessuto di fior di ginestra? Tramontava il sole dietro le Cesane e la schiera ritornava al collegio per le vie già ombrate. E il tappeto? Ri-maneva là aureo in mezzo alla strada, mentre sui monti ardeva il cre-puscolo.

Quando poi lessi là in quella erma terra marchigiana il poema più bello del poeta marchigiano, quando lessi:

Tuoi cespi solitari intorno spargi,
Odorata ginestra,
Contenta dei deserti,

io sentii nell'anima un profumo di religione e d'amore. Sentii quel non so che di dolce e di solenne, di tenero e di nuovo, come un pro-fumo d'incenso, come un'eco d'inni, di cui era pieno il nostro cuore pio la sera di una festa. Il fiore era sempre quello, e a me non pareva contradizione tra queste parole che pur sono un annunzio di dolore, e altre che erano novella di gioia: tra questa apocalissi e quel vange-lo.

Il fiore della ginestra pareva qua attendere nel crepuscolo il piede d'un profeta, d'un apostolo, d'un Dio lontano; là avanti la fiamma inestinguibile della natura distruggitrice, aspettare paziente la sua fi-ne mortale. Ma ne usciva il medesimo profumo, come le due leggi si concludevano tutte e due con un insegnamento di amore, di perdo-no, di pace!

L'ÈRA NUOVA

È un giorno come un altro il dì che chiude un secolo e ne apre uno nuovo ? Si deve, quel dì, inalzare al sole, al vecchio e giovane dio di nostra gente, un inno più fervido e più alto?

Sol di vita che con il flammeo carro
porti e celi il giorno, che sempre un altro e
sempre quello sei, non veder di Roma
nulla più grande!

Ecco: per ripetere o rinnovare quell'inno, bisognerebbe aspettare la fine non solo d'un secolo, ma d'un anno mondano dopo la quale è la palingenesia; dopo la quale

Torna la Vergine già, il buon tempo è già di Saturno:
genere d'uomini nuovo dai ceruli culmini scende;

con la quale

Fede e Pace, Onore e Costume antico ed
osa la negletta Virtù tornare e
già si mostra l'universal Ricchezza
piena di doni.

È da aspettarsi col nuovo secolo questo rinascimento? la giustizia e la pace, la bontà e la ricchezza? Nessuna Sibilla ha parlato. Oppure ella scrisse in foglie di palme il suo vaticinio, e le pose in ordine; ma il vento le confuse e portò via. Chi potrà iungere carmina più? Non io, nè altri; e tanto io quanto altri, nel cercare di indurre da idee e fatti del secolo che muore, un preconio del secolo che nasce, sem-breremo leggere l'una dopo l'altra le foglie d'un vaticinio disperso dal vento. Su questa si legge pace, su quella guerra, su un'altra amo-re, su un'altra lotta; ancora, scienza, ancora, fede. Che sarà? Noi sap-piamo che avremo dei ludi secolari, più grandiosi di quelli che cele-brò Augusto e che cantò Orazio; avremo a Parigi (nella Roma nuo-va?) la festa del lavoro universale. E prima della fine del secolo avremo, convocata dal Cesare Russo (dall'Augusto nuovo?), la con-ferenza sul disarmo. Il secolo muore bene, il secolo nasce bene:

Fede e Pace, Onore e Costume antico ed
osa la negletta Virtù tornare e
già si mostra l'universal Ricchezza
piena di doni.

Oh! gli uomini si guardano attorno, cercando L'Orazio migliore che canti l'Augusto più benefico e la Roma più magnifica... E questo poeta non osa ancora, forse, staccare la cetra dal chiodo, e siede in disparte e crolla il capo glorioso e mormora: Non forse il mio inno, lento e sublime., sarà interrotto da ululati d'odio? Non forse il sacro tintinno delle corde sarà concluso da rombi di cannone? E il poeta continua a meditare: Canterò il trionfo della fede antica? Ma se ella in tanti secoli non è riuscita a distruggere il lievito cattivo per il qua-le sono ora temute a un tempo guerre coloniali, nazionali ed etniche; di che ha ella trionfato? Canterò il vanto della scienza nuova? Ma se ella, con altri suoi mirabili e benefici ritrovati, ha pur fabbricato i battelli aerei, per cui deve piovere la distruzione dal cielo, e i battelli sottomarini, per cui dal fondo del mare la distruzione ha da erompe-re, ci che, di che mai ella può vantarsi?

I.

No! no! il poeta aggiunge: io non potrei cantare con vera, pro-fonda, sopraumana ispirazione, se non la bontà, se non l'integrazione del genere umano, se non l'ammansamento vero e perpetuo dei miei fratelli semiferi. E voi non siete meno fiere, o miei fratelli, perchè, con l'aiuto della Scienza, prolunghiate con l'acciaio del pugnale o della spada la portata delle vostre unghie, o aumentiate e allarghiate, col fragore funereo della bomba o del siluro, la potenza del vostro ruggito. E non siete meno fiere, o miei fratelli, se, col pur soave sug-gerimento della fede, rendete vana la scoperta che da fiere vi fece uomini: la lugubre ma benefica scoperta... che siete mortali.

Perchè fu quella, per usare una parola cara a uno degli ultimi e più soavi poeti della fede, fu quella la vostra ascensione; un'ascensione che, com'è il fatto di tali parole, non sapremmo dire se fu per il su o per il giù; vi trovaste sopra i bruti per il pensiero, e sotto, per la feli-cità. Oh! e voi aspiraste a discendere; e sempre, a quando a quando, avete richiamato a terra il vostro pensiero fuggitivo, come sciame d'api dall'arnia, col suon dei cembali e de' timpani de' vostri bacca-nali. Oh! voi voleste dimenticare la infelice scoperta; e sempre, ad ora ad ora, vi stordite e dimenticate; e così vi rifate simili ai bruti e, nell'oblio della morte, date la morte. Ogni volta che scendete dall'i-namabile altezza, alla quale eravate ascesi, voi vi trovate nelle dita i vecchi artigli e nelle mandibole le vecchie zanne e nel cuore la vec-chia ferocia di cannibali. Come il gigante della favola, nel toccar ter-ra cadendo, riprendete la vostra forza pugnace; e non vi ricordate se non di essere bruti, e credete di non essere nati, come essi, se non a combattere.

E ora, ora che si poteva credere che aveste messe le ali a dirittura, ora che si poteva sperare che le cadute dall'alto e i ritorni al bruto avessero a essere sempre più rari e singolari, ora... eccovi là tutti per terra, quanti uomini, quante classi, quanti popoli, quante razze siete, eccovi là per terra, rotolare, ansimare, bramire nello spasimo dell'o-dio! Questa è l'antica ascensione!

II.

Un poeta del nostro secolo non credo che possa parlare altrimenti che così. E credo che ad esso alcuno potrebbe rispondere dicendo: Ma ne hai colpa, tu, di codesto: tu e i tuoi compagni. Sei tu poeta, e non altri, colui che deve spogliare gli uomini della loro ferità! Tu sei un Orfeo che siedi ozioso sotto un albero di Rodope: qualcuno ti si appressa e ti domanda, perchè non canti; e tu rispondi: perchè le fie-re sono fiere. Ma devi tu, Orfeo, ammansarle, condurle dietro te, queste fiere, e renderle uomini con la virtù persuasiva del tuo canto. In verità se la condizione morale degli uomini nel nostro secolo non ha migliorato, sì che una proposta di disarmo si può considerare co-me un'occasione, voluta o no, di guerra, e una festa universale del lavoro non si può credere se non una sosta avanti la rincorsa, un momento di silenzio avanti l'uragano, l'ultima esitazione avanti la strage e lo sterminio; se tale è lo stato degli spiriti umani in questa sera e in questa alba di secolo; la colpa ne va data principalmente a chi ha la missione di sacerdote e di pacificatore. E questo è il poeta e la poesia. S'intende che non bisogna limitare troppo il concetto di poeta e poesia; non bisogna incarnarlo in questa o quella troppo lieve parvenza; bisogna anzi dimenticare molte cose e persone, e molti molti molti versi, e ricordare, anzi, una cosa sola: che il poeta è quel-lo e la poesia è ciò che della scienza fa coscienza. La scienza può di-re alla poesia: Io ho lavorato, e tu no: dal mio lavoro non è nato tutto il bene che doveva, ed è nato anche del male che non doveva, per-chè tu non hai cooperato con me. Io ho dato il grano; ma tu

29

non ne hai fatto il pane. Io ho pòrto il grappolo; ma tu non ne hai spremuto il vino. Io ho fornita la verità; ma tu non ne hai nutrite le anime. Io non posso far tutto io sola.

III.

In vero la scienza ha lavorato nel secolo che sta per morire! Intor-no ai suoi principii l'uomo conquistava l'aria e domava la folgore. Un poeta esclamava allora:

Umano ardir, pacifica
filosofia sicura,
qual forza mai, qual limite
il tuo poter misura?

E la pacifica filosofia, ha fatto di tutto, e fa, per ottenere quelle promesse. Non posso io certo enumerare le conquiste del secolo de-cimonono: accenno solo che la folgore, la quale suggerì nei primi tempi l'idea d'una mano invisibile e infinita che di tra le nuvole saet-tasse quaggiù, la folgore, veramente mansuefatta, reca da una parte all'altra della terra la parola umana, la fissa e la riproduce, e già por-ta, a gara col vapore d'acqua (la nuvola temporalesca asservita agli uomini, col suo carro di vapori e coi suoi cavalli d'elettricità) vertigi-nosamente per il globo la... infelicità umana. Forse è in queste parole - infelicità umana - la ragione della nota discordante nell'inno che la scienza meriterebbe, alla fine del secolo della sua più grande opero-sità? Perchè, anzi, l'inno non è cominciato ancora, e già nella folla circola la voce che vuol impedire che si cominci: come in un teatro. La voce è: La scienza ha fallito!
Ha fallito! In che? In questo che doveva essere illimitabile, e ha trovato il suo limite? In questo, insomma, per dirlo con le parole del-lo stesso grande poeta, che non ha potuto

infrangere
anche alla morte il telo,
e della vita il nettare
libar con Giove in cielo?

IV.

In questo. Sì: noi diciamo; in questo! Che c'importa del rimanen-te? La morte doveva ella cancellare. Viaggiare più velocemente, sa-pere più presto e dare le proprie notizie, aver qualche agio di più, che cosa è mai se non un rimpianto maggiore per chi deve morire? Il mo-rire doveva essere tolto dalla scienza; ed ella non l'ha tolto. A morte dunque la scienza! Noi torniamo alla fede che (è verità? è solo illu-sione? ma illusione, a ogni modo, che ci vale per verità) che non solo ha abolita la morte, ma nella morte ha collocata la vita e la felicità indistruttibile!
E così alla scienza, sulla fine del secolo del suo maggior lavorìo, è fatto, invece dell'inno che poteva aspettarsi, il rimprovero più amaro. Non solo essa non ha fatto nulla di bene novello al genere umano, ma ha tentato di togliergli il bene che già possedeva. Anzi glielo ha in parte tolto. È vero, si dice, che noi torniamo, disingannati e uggiti, alla fede antica; ma qual cambiamento! Le acque del già purissimo lago, che era nella nostra anima, in cui si specchiava il cielo stellato: il lago così piccolo, il cielo così grande, il cielo con tutte le sue stelle: quelle acque sono intorbidate o almeno mosse: le parvenze vi sono offuscate, o girano girano, si alzano, si abbassano. Non c'è più la tranquilla immobilità. Noi

30

siamo costretti (da te, scienza crudele e inopportuna) a interpretare le parole d'un nostro sacro libro in un modo affatto nuovo. Siamo costretti a pensare che quel libro contie-ne la verità sì, ma una verità che cambia col tempo, che va interpre-tata secondo i progressi delle altre umane conoscenze: verità che era vera a un modo per Dante, a un altro per noi, omiciattoli che non siamo Dante. Siamo costretti a sofisticare con tuoi colori, o scienza, gl'ingenui prodotti della fede. Siamo costretti a prendere in prestito da Crookes le fotografie degli spiriti immateriali e materializzati, per rinforzare la vecchia metafisica: a far la riprova con un tavolino che gira, della sublime visione di Ezechiele. Oh! tu sei fallita, o scien-za: ed è bene: ma sii maledetta, che hai rischiato di far fallire anche l'altra! La felicità, tu non l'hai data, e non la potevi dare: ebbene, se non distrutta, hai attenuata, oscurata, amareggiata quella che ci dava la fede.

V.

Vero! Ma di chi la colpa? Non della scienza, ma della poesia. E qui, contro questa recisa affermazione, si pronunziano nomi e si rife-riscono fatti, con sicura meraviglia; tanti quanti contro l'altra affer-mazione pur recisa del fallimento della scienza. Come? non sono poeti Goethe, Shelley, Tennyson, Lamartine, Hugo, Musset? Zorrilla e Campoamor, Manzoni, Leopardi, Carducci, Mickiewitz e Tolstoi? Certo, e tali e tanti, che si può dire, a ragione, di questo secolo, che è il secolo della poesia, come annoverando tali altri e tanti altri scien-ziati, da Volta a Roentgen - io non mi arrischio nemmeno a tentarla, questa enumerazione - si può dire che è il secolo della scienza. Eppu-re... Eppure dico subito che, non ostante qualche accenno, qualche preparativo e qualche tentativo, quella tanta luce di poesia è un ros-sor di tramonto, come quella tant'altra luce di scienza è un albore d'aurora; e che quella chiude una giornata dell'umanità, con tutte le fiamme, rosse, purpuree, cangianti d'una sera che ha, qua e là, nel cielo purificato e intenerito le nuvole d'un temporale; e che questa ne apre un'altra, un'altra giornata che quanto, quanto ha a essere serena, non sappiamo, ahimè! non sappiamo: vi sono nel cielo larghi spazi sereni e sono anche nuvole, nuvole che ricoprono il sole o lo rifletto-no, che fanno sperare o temere, che sono belle e che sono terribili. Quella sera e quest'alba si sono viste, si sono salutate; perchè tutto porta a credere che questo secolo sia nella storia dell'umanità quello che è il circolo polare nel nostro globo: un secolo nel quale il tramon-to s'è incontrato con l'aurora e la fine col principio. Ma per un atti-mo. La vecchia èra sparisce e sorge la nuova.
Ora la poesia del nostro secolo è l'ultima emanazione (giudico che sia l'ultima, oltre che da molte ragioni, dal suo maggiore splendore) del concepimento primitivo della vita interna ed esterna; concepi-mento fondato sull'illusione e sull'apparenza. È cominciato il secon-do concepimento: quello fondato sulla realtà e sulla scienza. L'ema-nazione poetica di questa nuova èra del genere umano è cominciata? Non pare, non credo. Qualche bagliore sì, si vede: ma chi mi dice non sia piuttosto un ultimo raggio di tramonto che si spenge, piutto-sto che un primo strale dell'alba che nasce...? Siamo di nuovo al po-lo, vedete. E siamo all'èra prima della poesia: a quella dell'apparenza: perchè il tramonto in realtà non si spenge, e l'alba non nasce e non ha strali. Io sono dei vecchi, anch'io!

VI.

Nell'èra, per dir così, illusiva, il poeta interpretava il fenomeno, ciò che gli appariva, con sue penetranti parole. Ecco. I pastori errano per le steppe. Il sole ogni mattina apparisce all'orizzonte, ogni sera sparisce dietro quello. Forse nelle notti era un dubbio nel pensiero di quei primi, che però vegliavano e presero ad amare la luna che face-va le veci del sole. Ogni mattina il loro dubbio svaniva: ogni sera ri-cominciava. Come il sole che era sparito da una parte, poteva ricom-parire dalla parte

31

opposta? Quello che ogni mattina sorgeva era dun-que altro da quello che ogni sera calava. Ma era pure lo stesso. Era ben lontano dai quei primitivi Orazio che pur disse al sole: aliusque et idem nasceris! Tant'è. La parola del poeta de' primi tempi che rese in una formula memorabile le esperienze di mille e mille suoi compa-gni d'errore e di dubbio, risonò ben lontana! Ma insomma non si può essere sè ed altri. Il sole era uno, era sempre quello. Come dunque poteva trovarsi all'alba pronto ad alzarsi dal punto opposto a quello donde era disceso la sera? Nella notte certo viaggiava, sur una con-ca, che doveva sprizzare raggi trascorrendo rapida l'oscurità dell'o-ceano che è sotto i nostri piedi... Così pensava il pastore e s'addormentava. Il pastore dorme: è as-sente. Non trova più sè. Si trova in luoghi remoti, dove non è mai stato o dove certo non è. Egli è pur lì dove giace sopra le pelli delle sue pecore. Dunque in lui è qualcuno che va e viene, mentre un altro resta. Dunque è doppio. In vero, questo qualcuno che va e viene, in-sensibilmente ma veramente, è qualcosa d'impalpabile, di nullo, co-me l'ombra che lo segue o lo precede o gli si sotterra sotto i piedi: come l'ombra, che esso vide, poniamo, al suo Capo, quella notte che errava, per la prateria, al lume della luna, e che andava e veniva con lui. E il Capo morì; cioè, si addormentò d'un sonno più lungo. Il qualcun altro ch'era in lui, e che era come l'ombra, come quell'alito che nelle giornate fredde di caccia vaporava visibile dalla sua bocca anelante, non torna ancora. Aspettiamo. Un giorno, una notte, anco-ra un giorno, ancora una notte. Si è smarrito. Non torna. Nascon-diamo lui sotterra, e poniamo a lui vicini i suoi utensili necessari e gli oggetti suoi cari, perchè allo svegliarsi, ossia al ritorno, li trovi.

VII.

Esso non è certo finito nel nulla. Ieri comparve nel sonno del suo amico,

simile a lui sì nella grandezza e ne' suoi belli occhi,
sì ne la voce, e vestia tal quali a le membra le vesti.
Stettegli dunque sul capo dicendogli queste parole:
Dormi, e di me sei tu già fatto dimentico, Achille?
Tu mi curavi da vivo, ma tu mi trascuri da morto...»

Essere morto non voleva dire non essere. Tra essere morto ed essere vivo c'era bensì differenza:

Oh! ma mi sta più presso: abbracciandoci un attimo appe-na,
l'uno con l'altro, tra noi ci si goda il lamento di morte!
Detto ch'egli ebbe così, gli si tese con ambe le mani
ma non lo prese; chè l'anima sua, qual fumo, sotterra
con uno strido vanì. Sobbalzò stupefatto il Pelide...

C'era una differenza! E quale! Il vostro amato morto, la vostra ma-dre, il vostro padre non li potete abbracciar più, quando sono morti... Non si abbraccia l'aria, il fumo, l'ombra. I morti tornano a noi, ma in sogno soltanto, e da qual delle due porte essi escano, o da quella che è d'avorio, come i denti, o da quella che è di corno, come l'occhio, parlano bensì e si vedono; ma non altro: non si toccano. O infinita-mente soavi poeti dell'illusione, quale scopritore di mondi, quale banditore di verità, quale inventore di farmachi può all'uomo fare benefizio che pareggi e compensi quello che voi recaste al figlio che aveva perduto la madre, alla madre che aveva perduto il figlio? Oh! certo la folgore, condotta su fili metallici, può annunziarmi con rapi-dità di baleno: quella tua cara persona muore! E il vapore, costretto in una caldaia, può condurmi con rapidità di procella, al letto di quella che muore. E l'aria, decomposta nei suoi elementi, può for-nirmi di che prolungare la vita, per un'ora, per un

32

giorno, di quella che mi muore... Ma voi, o infinitamente benefici, non me la facevate morire, me la facevate vivere e per sempre, sia pure intangibilmente. Che cosa potranno fare i poeti sacerdoti della scienza o della realtà che non sia nè l'ombra del bene che facevano gli altri? Che cosa fa-ranno?

VIII.

Direi: quello che non hanno fatto ancora, e che dovevano fare, per impedire che la scienza fosse quello che è sinora, un sole senza calore, luce e non vita. Essi devono far penetrare nelle nostre co-scienze il mondo quale è veramente, quale la scienza l'ha scoperto, diverso, in tante cose, da quel che appariva e appare. Per un esem-pio: il sentimento, che proviamo alla visione del cielo stellato, è in noi molto diverso da quello che era nel nomade dei primi tempi? Es-so fissava l'occhio in qualche gruppo di stelle che facevano un dise-gno ricordevole. Unendo i punti luminosi trovava che quel gruppo assomigliava a una bestia o a un uomo o a una cosa: bestie, uomini, cose del suo vicinato. In questa lenta e oziosa operazione l'occhio del pastore che disegnava nel cielo, si velava e si chiudeva. Quando si riapriva, dopo qualche po' di tempo, trovava che il suo leone o il suo plaustro o il suo cacciatore aveva viaggiato. Si trovava in un luogo diverso del primo. E così vedeva che il cielo si moveva inces-santemente. Non anche per noi si move il cielo, e noi restiamo im-mobili? Chi di noi, pur sapendo di astronomia molto più di me che non ne so nulla, sente di roteare, insieme col piccolo globo opaco, negli spazi silenziosi, nella infinita ombra constellata? Ebbene: è il poeta, è la poesia che deve saper dare alla coscienza umana questa oscura sensazione, che le manca, anche quando la scienza gliene ab-bonda. E non dico che la poesia non ci si sia provata; ma in parte ed ancora in modo imperfetto. Ricordo un punto sul quale si esercita la poesia: la infinita piccolezza nostra a confronto dell'infinita gran-dezza e moltitudine degli astri. Ricordo il Leopardi e il Poe, e potrei ricordare molti altri. Tuttavia sulle nostre anime quella spaventevole proporzione, non ostante che i poeti nuovi fossero aiutati, nel segna-larla allo spirito, dai poeti della prima èra, quella spaventevole pro-po-zione non è ancora entrata nella nostra coscienza. Non è ancora entrata... perchè, se fosse entrata, se avesse pervaso il nostro essere cosciente, noi saremmo più buoni.

IX.

Io dico che l'emanazione poetica della scienza, il giorno che l'a-vrà, è destinata a render buono il genere umano. O poeti dell'avveni-re, voi dovete riuscire in ciò in cui i poeti del passato hanno fallito. Hanno fallito: e questo oppongo a chi dice fallita la scienza. Hanno fallito: perchè, non consolare questo o quello, non tergere qua una lagrima, là abbreviare un brivido, ma dovevano diminuire la somma dell'infelicità umana. A tale somma non si poteva e non si può sot-trarre se non quella parte che non è originaria e connaturata; se non il dolore che l'uomo reca all'uomo; se non il male. E in ciò quei poeti non sono riusciti. Dovete riuscire voi, o poeti della nuova èra. E per questo fine voi dovete prendere l'infula e lo scettro di sacerdoti, che quelli si sono lasciati strappare dalla fronte e dalla mano. Voi dovete essere sinceri: rinunziare subito, se già nel vostro spirito ne è qualche tentazione, a fingere di credere: voi dovete credere. Ora la vostra sincerità è per me affatto dubbia, quando, dopo tanta luce di scien-za, voi vi atteggiate a felici, ad egoarchi, a superuomini. La scienza ha ricondotto le nostre menti alla tristezza del momento tragico dell'uomo; del momento in cui acquistando la coscienza d'essere mortale, differì, istantaneamente, dalla sua muta greggia che non sa-peva di dover morire e restò più felice di lui. Il bruto diventò uomo, quel giorno. E l'uomo differì dal bruto per l'ineffabile tristezza della sua scoperta. Ma non ebbe il coraggio di continuare ad ascendere, di guardare in faccia il suo destino, di essere veramente superiore alla greggia che aveva accanto.

33

Cercò le illusioni e le trovò. Il bruto non sa di dover morire: l'uo-mo disse a sè di sapere di non dover morire. Tornarono ad assomi-gliarsi. E penetrò nella sua coscienza qualche cosa di analogo al len-to passeggiare per il cielo dei leoni, dei plaustri, dei cacciatori, com-posti di stelle. E d'allora in poi la morte, una volta negata, non ebbe più dall'animo dell'uomo il suo mesto e totale assentimento. L'uomo non temè di contristare il suo simile, non teme di ucciderlo, non temè di uccidersi, perchè non sentì più l'irreparabile. Io so il Pei-sithanatos, qual è. Io so chi persuade a violare, in sè e in altrui, la vi-ta. È chi, nel nostro animo, prima violò la morte.

X.

Ma questa è la luce? Oh! la morte, a fissarla, abbarbaglia. Meglio la penombra nella quale si stende il pianoro Elisio, più utile l'ombra nella quale stridono le Emmenidi. Sì? Ecco uno scellerato che non crede alla morte. Lo imagino oppresso da un suo delitto. Lo vedo anelante di terrore. A un tratto qualcuno sa introdurre nella sua co-scienza l'assoluta convinzione che quelle vendicatrici sono fantasmi, e che esso non sarà punito. Lo scellerato respira; mette forse un urlo, non che un sospiro, di sollievo e di gioia. Il qualcuno si allontana. Colui è ora solo, e, poichè l'altro ha veramente mutata la sua co-scienza, sente il nulla.
Se io sapessi descrivervi la sensazione del nulla, io sarei un poeta di quelli non ancor nati o non ancora parlanti. Non so, non so de-scriverla; perchè nè anche la mia coscienza (confesso) si è arresa alla scienza. Anche nel mio pensiero la morte è violata. Ma ricordo qual-che oscuro e fuggevole momento, nelle tenebre della notte: il verti-ginoso sprofondamento in un gorgo infinito, senza più peso, senza più alito, senza più essere... Oh! tutto tutto tutto, mi pare che dica lo scellerato, fuorchè l'annullamento! L'ucciso nel nulla, l'uccisore nel nulla: non resta che il delitto, senza castigo e senza perdono: incan-cellabile! irreparabile! eterno!
Questa è la luce. La scienza in ciò è benefica, in cui si proclama fallita. Essa ha confermata la sanzione della morte. Ha risuggellate le tombe. Ha trovato, credo, che non si può libare il nettare della vita con Giove in cielo. Il rimprovero che le si fa, è il suo vanto. O me-glio sarà, quando da questa negazione il poeta sacerdote avrà tratta l'affermazione morale: il poeta, cioè il fanciullo che d'or innanzi ve-da, con la sua profonda stupefazione, non più la parvenza, ma l'as-senza. Chi sa imaginare le parole per le quali noi sentiremo di girare nello spazio? per le quali noi sentiremo di essere mortali? Perchè noi sappiamo e questo e quello; non lo sentiamo. Il giorno che lo senti-remo... saremo più buoni.

XI.

E saremo anche più mesti. Sia pure. Ma non vedete che appunto nella mestizia l'uomo differisce dalle bestie? e che progredire nella mestizia è progredire nell'umanità? E poi, che gioia è veramente in quell'alcoolismo morale, con cui l'uomo cerca di nascondersi il pro-prio destino? E poi che gioia è negli ululi dello sfrenato carnovale, con cui l'uomo protesta contro la sua evoluzione? Uomo, abbraccia il tuo destino! Uomo, rassegnati ad essere uomo! Pensa nel tuo solco: non delirare. L'amore, pensa, è ciò che non solo di più dolce, ma di più sacro e di più tremendo tu possa fare; perchè è aggiungere nuovi sarmenti al grande rogo che divampa nell'oscurità della nostra notte.
Pensiamo dunque, sempre, in tutto, e siamo pur mesti. Ma saremo tutti più mesti. E riconosceremo, a questo segno, a quest'aria di fa-miglia, a questa traccia di dolore immedicabile, i nostri fratelli per nostri fratelli. E non saremo pazzi di perseguire una gioia, che ri-dondi a dolore del nostro simile, e che non diminuisca d'una linea il dolor nostro. E i mali che ora ci appariscono come fatali, la lotta del-le classi e la guerra dei popoli, saranno tolti.

34

E sarà dunque una religione, la religione anzi, che scioglierà il nodo che sembra ora insolubile. La religione: non questa o quella in cui il terrore dell'infinito sia o consolato o temperato o annullato, ma la religione prima e ultima, cioè il riconoscimento e la venerazione del nostro destino.

XII.

Quella sarà la palingenesia; la povera e melanconica palingenesia che sola può toccare a questi poveri e melanconici esseri che abitano così piccolo pianeta, il quale è sulla via di tante comete distruggitrici. Avverrà nel secolo che sta per aprirsi? Aspettiamo. Io non oso di-re: speriamo.

Questo mare è pieno di voci e questo cielo
è pieno di visioni. Ululano ancora le Nereidi obliate in questo ma-re, e in questo cielo spesso
ondeggiano pensili le città morte.

Questo è un luogo sacro, dove le onde greche vengono a cercare le latine; e qui si fondono formando
nella serenità del mattino un immenso bagno di purissimi metalli scintillanti nel liquefarsi, e qui si
adagiano rendendo, tra i vapori della sera, imagine di grandi porpore cangianti di tutte le sfumature
delle conchiglie. È un luogo sacro questo. Tra Scilla e Messina, in fondo al mare, sotto il cobalto
azzur-rissimo, sotto i metalli scintillanti dell'aurora, sotto le porpore iride-scenti dell'occaso, è
appiattata, dicono, la morte; non quella, per dir così, che coglie dalle piante umane ora il fiore ora il
frutto, lasciando i rami liberi di fiorire ancora e di fruttare; ma quella che secca le piante stesse; non
quella che pota, ma quella che sradica; non quella che lascia dietro sè lagrime, ma quella cui segue
l'oblio. Tale potenza nascosta donde s'irradia la rovina e lo stritolio, ha annullato qui tanta storia, tanta
bellezza, tanta grandezza. Ma ne è rimasta come l'orma nel cielo, come l'eco nel mare. Qui dove è
quasi distrutta la storia, resta la poesia.

E in questo paese, sino a pochi giorni sono, era anche il poeta. Chi me ne parlò quando io era ancora
giovinetto - ahimè! più di tren-ta anni fa - in collegio, a Urbino? Un vecchio frate che conosceva
anch'esso i doni delle Muse, il padre Giacoletti, il cui nome non s'aggira più, che io sappia, che in
qualche melanconico chiostro di seminario. Quel nome era allora illustre per poemi latini sull'ottica,
niente meno, e sul vapore.

Il vecchio frate per il quale noi avevamo una ammirazione quasi paurosa, parlava spesso di un poeta,
d'un latinista, appetto al quale egli era un nulla; che abitava lontano lontano nell'estremo lembo d'I-
talia.

Io non dimenticai più quelle parole di lode suprema e quel cenno (il buon frate trinciava l'aria come
il Galdino Manzoniano), quel cenno di distanza infinita.

Sì che quando, or sono pochi mesi, mi trovai in quel lembo d'Ita-lia, io ripensai subito al poeta, al
Genio del luogo. Egli era bene un poeta, e il poeta, sapete, è quasi un creatore, poichè è colui che con
la parola - fiat lux - illumina d'un tratto l'oscurità che ne circonda. Certo la stella e il fiore, la serenità
e la tempesta erano anche prima che il poeta ne parlasse, e voi avevate gli occhi per vederle; ma voi
non guardavate, e le cose belle era come se non esistessero: la sua parola fu che per voi le creò. E così
io pensava a questo poeta dell'e-strema Italia, dove le onde greche si fondono con le latine, come a
uno spirito misteriosamente remoto che da un suo speco vegliasse a creare questo mondo fantastico
con le Nereidi ululanti dal mare e con le città morte pendenti nel cielo. Mi aveva l'aria, questo poeta
segregato dal mondo, se m'è lecito dirlo, d'un Proteo vecchio marino verace, che sapesse i gorghi di
tutto il mare.

I.

E vecchio era e solitario, e schivava il consorzio e la vista degli uomini. Raccontano che si faceva
portare solo in luoghi solinghi, dove scendeva e passeggiava: per che cosa se non per ascoltare ciò
che gli avrebbero sussurrato le creature de' suoi poemi? per ritrovarsi nel mondo suo, cui discinde dal
nostro l'inguadabile oceano della morte? Perchè egli era veramente un antico, un evaso al passato, un
superstite alla rovina della poesia pagana; e provava lo spasimo del ritorno non senza mostrare ai lieti
o indifferenti del nostro tempo, nostro e non suo, quel corrugamento della fronte, che pare disprezzo
ed è dolore. Diceva sorridendo d'essere già vissuto tra Cicerone e Virgilio e che si piacque di rivivere
ora. Ma io risalirei più lontano. In lui era il Greco; e qualche sua poesia sente la mollezza ardente

dell'antichissimo suo concittadino Ibyco. E non importa soggiungere che poetava anche in greco con elegante facilità. Ma, greco o latino, egli sdegnava il presente, nè solo in letteratura e filologia, sì un poco in tutto. Anche scrivendo l'italiano, egli non voleva essere de' nostri, e usava la lingua del cinquecento. In somma egli viveva di cose sva-nite, e il suo pensiero aveva continuamente bisogno di risuscitare bellezze morte. Era, se si vuole, l'ultimo degli umanisti, coi quali aveva in comune, oltre il culto della poesia e della letteratura antica, anche altro: per esempio, se non con molti, almeno con alcuni di essi, la conciliazione nel proprio cuore del paganesimo, se non altro for-male, con la devozione cristiana. Ricordo di sfuggita il Poliziano e Pico della Mirandola che vollero essere seppelliti in tonaca di dome-nicani. E di lui tutti sanno, anche perchè ricordato sul suo feretro in iscrizioni latine, che era piissimo e che diceva molti, credo cinque, rosari al giorno. E nota è anche l'amicizia che lo legava al vecchio Pontefice: amicizia su cui i sentimenti religiosi valevano almeno quanto la comunanza degli studi e del gusto.

Quel gran sacerdote, vecchissimo, smunto, quasi diafano, che regge tanti milioni di coscienze, che sta a guardia inflessibile del passato e accenna a invadere l'avvenire del mondo, e che nel silenzio notturno del Vaticano cesella un'umile preghiera a Maria e i precetti di sobrietà per giungere a una lunga vita! E quest'altro vecchio che errava lungo l'Ionio meditando l'elegia delle rose e dei due scheletri abbracciati in Pompei! S'intendevano, i due vecchi, e si offrivano a vicenda, in nitide edizioni, i loro gracili carmi. Oro con oro cambia-vano: non, come accade alle volte, l'uno si faceva spicciolare dall'al-tro in grosse e molte palanche la sottile unica monetina sua.

E se non unica, era tuttavia oro fine un'opera dell'un d'essi. Nes-sun lavoro di questi pazienti artefici di latinità aveva mai levato tan-to grido quant'uno, il primo forse, del poeta Regino: lo Xiphias, premiato mezzo secolo fa da quella che ora è la R. Academia Neder-landica e allora era l'Istituto Belgico. E a me fanciullo si diceva che quel poemetto era il più bel ramo fatto germinare, per dirla col Re-galdi, da quell'albero morto che è l'antichità classica. L'età non ha modificato quel giudizio. Sì che io vedendo, pochi mesi sono, quel mare e quel lido che erano così limpidamente descritti nel poemetto, sì, pensavo con venerazione al vecchio mago che con una lingua morta aveva saputo creare cosa tanto viva.

II.

E avrei voluto vederlo. Solo vedendolo e parlando con lui mi pa-reva che avrei avuta intera la visione che mi incantava.

Io sentiva la poesia: volevo vedere il poeta: approdare alla terra d'Ibyco con una nave che più assomigliasse alla triere; approdarvi un bel mattino, e recarmi peritoso, ospite tirreno, al poeta greco rifinito dagli anni e colmo di gloria.

E quando il vecchio poeta m'avesse incoraggiato, gli avrei detto:

Poeta, perchè scrivete in un linguaggio che più non suona su lab-bra di viventi? perchè volete che solo i poeti v'intendano? se cercate la lode dei più, perchè vi rivolgete ai meno? se mirate all'utilità di tutti, inducendo, come voi dite, nei petti umani mansueto costume, valor, senno, pietà, oneste voglie, perchè solo alcuni privilegiate de' vostri ammonimenti armoniosi? E perchè cotesta solitudine? cotesta segregazione che sembra rimproverare altrui? Ibyco, il vostro concit-tadino antico, andava citareggiando d'isola in isola, di terra in terra: voi chiudete le porte, perchè lo squillo della vostra cetra non giunge all'orecchio del passante. Poeta, aprite la casa delle Muse. Fateci in-tendere a tutti, i dolci vostri inni: cantateli nella lingua nostra e pre-sente, sì che tutti possiamo intenderli. Ne abbiamo tanto bisogno! Perchè la nostra anima si deforma per le strette della realtà, e ha bi-sogno della bellezza, e s'intristisce allo spettacolo della miseria im-meritata e della felicità indegna, e ha bisogno della giustizia; e si macera d'invidia e si stempera di pietà, e ha bisogno della purifica-zione. E tu puoi rivelare la bellezza e puoi persuadere la giustizia; puoi compiere la nostra catarsi, o poeta; puoi questo, cioè tutto, e non vuoi? Poeta, fa un passo, solo un passo per scendere sino a noi, e noi, inteneriti rapiti, saliremo d'uno slancio gl'infiniti gradini che tengono lontana la nostra minimezza dalla tua sublimità. Così gli avrei detto; così non gli dissi; chè egli intanto, il vecchio poeta, moriva, ridestando d'un tratto con la notizia della sua morte la sua fama quasi assopita, come il vento col suo alito incendio che covi. Ed io non intenderò risposta alle mie parole, perchè, come di-ceva il suo Ibyco, non si può trovar più per i morti l'erba della vita!

Eppure oso, per non so quale comunione che ha la mia mente pic-cola con la sua grande, oso imaginarla, la sua risposta.

III.

Egli mi avrebbe risposto: «Ospite, io ti parlerò con antica vecchia semplicità. Tu non mostri dubbiezza sull'arte mia perchè il linguag-gio, che ne è lo strumento, non sia inteso dall'universale degli uomi-ni. Tu sai bene che non potrei usare un linguaggio che fosse inteso da tutti; perchè non esiste... ancora. E non dico solo che non c'è lin-guaggio comune a tutti i popoli, ma nemmeno ce n'è che sia intelli-gibile a tutti, anzi alla maggior parte degli uomini, di un singolo po-polo. Nè c'è speranza che si formi da sè, questo linguaggio o univer-sale o nazionale, nè c'è timore che si fabbrichi dai meccanici nostri: la natura va dal semplice al composto, dall'omogeneo all'eterogeneo, e non viceversa; e le lingue e i dialetti moltiplicheranno sempre d'an-no in anno e di secolo in secolo. Per questa parte, ospite, tant'è che io usi il latino e il greco, quanto qualunque lingua parlata; anzi, se si computa bene, devo credere di esser per avere più intenditori, in tut-to il mondo, del mio latino, che, nella sola Italia, del mio italiano. Non è qui il tuo dubbio. In fin dei conti, tu non parli della lingua, cioè della veste sensibile, ma dell'idea, cioè dell'anima intellegibile. Tu osservi che anche nella tua lingua io preferisco la parola antiquata e la costruzione fuori d'uso. Tu metti in relazione il gusto cinquecen-tistico delle mie veglie Pompeiane e d'ogni mia cosa volgare col mio culto per le lingue italiana e greca nello Xiphia, nelle elegie, negli epigrammi, nelle iscrizioni, nelle epistole, nelle orazioni: la parte massima dell'opera mia. E dici che io rinnego il presente per il passa-to e che non voglio essere dei miei tempi. Oh! bada. La mia idea è questa. L'uomo combatte continuamente contro la morte. Esso alla morte deve disputare, contrastare, ritogliere quanto può. La nostra vita è gelida e noi abbiamo bisogno di calore; la nostra vita è oscura e noi abbiamo bisogno di luce: non si lasci spenger nulla di ciò che può dar luce e calore: una favilla può ridestare la fiamma e la gioia! Non si lasci morir nulla di ciò che fu bello e giocondo. E consoliamo i banchettanti i quali dopo aver profuso sulla mensa il vino che pare-va soverchio da prima, si attristano all'ultimo per la sete insoddisfat-ta: consoliamoli con l'anfora spregiata che già riponemmo tra le loro risa, E se per ciò la nostra fama non va tanto in alto e tanto per largo, e se la nostra voce non esce dall'ombra delle scuole, pazienza! Io sento che poesia e religione sono una cosa, e che come la religione ha bisogno del raccoglimento e del mistero e del silenzio e delle pa-role che velano e perciò incupiscono il loro significato, delle parole, intendo, estranee all'uso presente, così ne ha bisogno la poesia: la quale del resto, anche in volgare, non usò mai e non usa ancora nè la lingua nè i modi nè il ritmo abituali.

Nè credo io che la poesia debba o possa essere l'agitatrice delle turbe, ma la beatrice dei cuori. Ella non gonfia le gote per dar fiato alla tromba; ma attinge brevemente con le dita le corde dell'arpa. El-la non respinge da sè, riempiendo di fracasso e di mania orecchie e cervelli, ma attira a sè con un lontano e fievole tintinnio. Ci sono certe musiche che bisogna allontanarsene per gustarle senza esserne intronati: alla poesia bisogna avvicinarsi, per sentirla. Ed ella parla ora a questo ora a quello, qua asciuga una lagrima, là aggiunge un sorriso, con delicata modestia, come una silenziosa benefattrice. Ora gli uomini che attrae la mia lira antica col suo giocondo strepito, e consola e

38

conforta, vengono da tutte le parti del mondo, e verranno finchè si studi la lingua dei Quiriti. Oh! il grande avvenire di que-st'arte universale!»

IV.

Questo io penso che mi avrebbe risposto cercando nell'equanimità della sua placida vecchiaia le ragioni della sua poesia. Ma la sua vo-ce io non intesi e non udrò più. Ho riletto, per rifarmene, la sua ani-ma scritta. Ho riletto le elegie Pompeiane, vibranti di passione, gli epigrammi greci e latini dal sorriso amaro, le iscrizioni d'una nobile romanità, le prose, a dir vero, troppe fiorite, l'Asino Pontaniano troppo, a dir vero, acre nella sua comicità pedantesca, lo Xiphia... Rimane questa la migliore opera sua, e gli dispiaceva sentirselo dire e ripetere; ma è così. Il primo fiore che fece la pianta, ricca di tutti i succhi di primavera, fu, come spesso avviene, il più grande e il più bello. Poi era il suo mare che l'ispirava, erano le osservazioni fatte sin da fanciullo che nutrivano la sua ispirazione.

Egli è, in questo suo primo lavoro, verista, per così dire; ma la ve-rità da lui veduta e resa ottimamente, egli proietta luminosamente nel passato mitico. Caritone è un giovane pescatore de' nostri tempi e del nostro mare che conosce tutti i pesci col loro pregio relativo; Umbrone è un vecchio lupo di mare come ce n'è tanti per queste ri-viere, che sono stati un po' da per tutto; e Clite è una bella, ardente, faticante ragazza calabrese di nostra conoscenza: ma là in quel fon-do lontano, illuminati dall'arte del poeta, ci sembrano più grandi e più belli.

È opera di mano moderna, e seppellita, in certo modo, perchè prendesse la patina e muffa d'antico; ma la mano è d'un Michelange-lo o, meglio, d'un Cellini. Sì che l'illusione è grande; e ci fa dire che pochi poeti Alessandrini e Romani avrebbero saputo concinnare con altrettanta grazia nativa, tra lo stil de' moderni e il sermon prisco, tra le reminiscenze del mondo Omerico ed Esiodeo e le particolarità usuali della casa e della strada, un poema così perfetto.

Il quale oh! avessi potuto intendere dalla tua bocca, o poeta. Di-cono che tu eri recitatore armonioso e persuasivo. Avrei voluto sen-tirti ripetere questi versi soavissimi, che continuano Virgilio, in fac-cia al mare che tu hai popolato di ninfe, vedendo le cimbe dei pesca-tori di pesce-spada di che hai favellato al mondo. Ma tu ora non re-citerai più soave e piano. La morte ha chiuso per sempre la tua bocca di poeta antico. Eppure non sei morto. I poeti non muoiono quando lasciano tanta vita d'immagini. Queste ricambiano a lui il sacro dono. Vennero alla vita per lui, poichè prima erano confuse nell'oscurità e nel caos, per così dire, della natura e della psiche, ed esso le trasse fuori e soffiò loro sopra ed apparvero a tutti: ora sono esse quasi l'alito incessante d'una sua seconda vita. E chiunque udrà in questo mare bellissimo, ripercosse dai monti le voci dei pescatori trionfali, chiunque fermerà gli occhi su una paranza immobile ad esplorare, chiunque udrà il tintinnio ca-denzato dei cembali, penserà a te, come a vivente, come ad immor-tale, o poeta sepolto; e vedendo uscir dalla sua grotta di conchiglie iridescenti la fata Morgana e addensare con la spola arguta del vento sull'ordito della bonaccia la sua trama variopinta, e distendere la me-ravigliosa tela in cui ondeggiano le città e si moltiplicano le cose, ri-peterà il tuo nome, come di mago non impari e non diverso, o Diego Vitrioli.

39

Oh! io torno al Manzoni e ai Promessi Sposi! Che libro vivo, fre-sco, nuovo! Sì, nuovo, non ostante che d'allora in poi ci siamo pro-vati, dietro le orme di stranieri, in tante novità! Ma erano, dunque, novità vecchie, nate con le grinze. Ma erano piante esotiche che, nel terreno non loro, o non attecchivano o subito tralignavano. Eppure dai Promessi Sposi avremmo potuto imparare a fare analisi psicolo-giche, pitture d'ambiente, descrizioni naturali (la vigna di Renzo, ri-cordate? e ripensate il Paradon dove tutto fiorisce a un tempo, e le piante inselvatichite fanno doppi i loro fiori), da non invidiare Flau-bert, i Goncourt, Zola; e nei Promessi Sposi avremmo trovato in formazione tanti generi di romanzo che poi tennero e tengono il campo, cadendo e sparendo via via, perchè in essi è fatto elemento principale di vita quello ch'è il più piacevole ma il più fuggevole dei pregi: la novità. Ma i nostri vecchi dal grande capolavoro manzonia-no imitarono, non impararono; e si sa che l'imitazione in arte è ciò che è la putrefazione in natura: dissolve un genere per dar luogo a un altro; e imitarono poi ciò appunto che persino all'autore pareva la co-sa manchevole e assurda del suo quadro: la cornice! Quanto poi alla freschezza, alla vita, alla grazia, all'ordine, alla proporzione, al sorri-so di malizia, al senso d'eleganza, queste cose sono rimaste nel qua-dro.

Dunque io torno al Manzoni e al suo immortale romanzo. Lo lessi la prima volta in un agosto come questo, in monti come questi : quanti anni sono? Molti, molti, molti. Lo leggevo, finite le scuole e chiusi gli esami, in quei primi giorni di vacanza, che vi compensano, con la loro ineffabile pace, dei molti mesi di fatica e di soggezione. Sono come la pioggia estiva dopo l'afa a lungo durata: si gode come «in quella rinfrescata, in quel sussurrìo, in quel brulichìo dell'erbe e delle foglie tremolanti, gocciolanti, rinverdite, lustre»; si mettono «certi respironi larghi e pieni!» O divino Manzoni, io risento ora sfo-gliando il tuo libro quello che sentivo allora leggendo nel cassetto del tavolino i tre piccoli tomi ben rilegati di un'edizione milanese; quando rapito, assente, altro, provavo in me (ma allora non avrei sa-puto citare Aristotele), mediante la pietà e il timore, compiersi la ca-tarsi di così fatte passioni. Se non sapevo citare Aristotele, avevo per altro letto qualche poco di latino; e la mia mente, passando dalla dif-ficile all'agevolissima lettura, non si sentiva staccare, nè a poco a po-co nè a un tratto, dai suoi studi consueti, nei quali, per giungere in cima a vedere la luce, bisognava farsi largo a traverso monti di vo-cabolari e selve di grammatiche: no: godeva anzi come una sensa-zione doppia, un piacere complesso, formato di novità e di ricordo. Rileggo «la notte degli imbrogli e dei sotterfugi» e quel piacere complesso, quell'incognito indistinto, si ripresenta al mio spirito. Io vedo la casetta di Lucia «in fondo al paese» con «la chioma folta del fico che sopravanzava il muro del cortile»; vedo anche il casolare disabitato dove «vanno le streghe» per solito, e ora sono postati i bravi col Griso. «Egli, col grosso della truppa, rimane nell'agguato ad aspettare». Si fa sera, si fa «quel brulichìo, quel ronzìo (non ci rincresca rileggere le parole del Manzoni: dacchè è libro di testo nel-le scuole, si legge più poco), quel ronzìo, che si sente in un villaggio, sulla sera, e che, dopo pochi momenti, dà luogo alla quiete solenne della notte. Le donne venivan dal campo, portandosi in collo i bam-bini, e tenendo per la mano i ragazzi più grandini, ai quali facevan dire le divozioni della sera; venivan gli uomini con le vanghe e con le zappe sulle spalle. All'aprirsi degli usci si vedevan luccicare qua e là i fuochi accesi per le povere cene: si sentiva nelle strade barattare i salati e qualche parola sulla scarsità della raccolta e sulla miseria dell'annata; e, più delle parole, si sentivano i tocchi misurati e sonori della campana, che annunziava il fluir del giorno». I promessi, con Agnese e i testimoni, vanno a sorprendere il curato: «Zitti zitti, nelle tenebre, a passo misurato, usciron dalla casetta e preser la strada fuori del paese... Per viottole, tra gli orti e i campi, arrivaron vicino a quella casa, e lì si divisero». Nelle tenebre? Dopo la sorpresa, che non riesce, il curato si affaccia a una finestra. «Era il più bel chiaro di luna; l'ombra della chiesa, e più in fuori l'ombra lunga e acuta del campanile, si stendeva bruna e spiccata sul piano erboso e lucente della piazza: ogni oggetto si poteva distinguere, quasi come di gior-no». Di lì a poco Ambrogio suona a stormo: «Ton, ton, ton, ton: i contadini balzano

a sedere sul letto: i giovanetti, sdraiati sul fienile, tendon l'orecchio, si rizzano. Cos'è? Cos'è? Campane a martello! Fuoco? ladri? banditi? Molte donne consigliano, pregano i mariti di non muoversi, di lasciar correre gli altri: alcuni s'alzano e vanno alla finestra: i poltroni, come se si arrendessero alle preghiere, ritornan sotto: i più curiosi, i più bravi scendono a prender le forche e gli schioppi per correre al rumore: altri stanno a vedere». Intanto i bravi si erano mossi dalla capanna delle streghe. Il Griso «si mise in testa un cappellaccio, sulle spalle un sanrocchino di tela incerata, sparso di conchiglie; prese un bordone da pellegrino, disse: - andiamo, da bra-vi: zitti e attenti agli ordini -; s'incamminò il primo, gli altri dietro». Nella casetta non trovano la lepre; «non c'è nessuno. Torna indietro, va all'uscio di scala, guarda, porge l'orecchio; solitudine e silenzio». Poi «il Griso sale adagio adagio, bestemmiando in cuor suo ogni sca-lino che scricchiolasse; ogni passo di quei mascalzoni che facesse rumore... Si metton tutti, con men cautele, a guardare, a tastare per ogni canto, buttar sottosopra la casa. Mentre costoro sono in tali faccende, i due che fan la guardia all'uscio di strada sentono un cal-pestìo di passini frettolosi che s'avvicinano in fretta... il calpesto si ferma appunto all'uscio... Menico mette il piede dentro, in gran so-spetto, e si sente a un punto acchiappar per le braccia... Zitto! o sei morto. Lui invece caccia un urlo». Ebbene? Ebbene, queste avventu-re del paesello innominato mi fanno lo effetto d'intese o lette altre volte, come di tutt'altri tempi e luoghi, di tutt'altre persone, con tutt'altri costumi. Dove, quando mai! Quei passini specialmente, i passini frettolosi di Menico, mi sembrano echeggiare da una profon-dità infinita... Ah! ho trovato Qual maraviglia! Pare un sogno, in cui una persona ora è quella, ora un'altra, e si trovano insieme sensazioni vecchie e recenti, intrecciate e commesse a fare mostri di visioni, poi sparite subitamente in parte e in parte rimaste, come in un paese montano sotto la nebbia mattutina si vedono castelli e piantagioni per aria e un grigio uniforme tra e sotto loro. Ho trovato! ho trovato! Quale incanto vedere il lavorìo, forse inconscio, dell'ingegno che crea, e assistere alla genesi dell'opera d'arte!
Badiamo, io non dico di aver trovato una delle fonti del Manzo-ni, nè intendo fare uno studio critico e un lavoro d'indagini. Nem-meno pretendo che quello che dico sia proprio e infallantemente ve-ro: mi accontento del verosimile. Sopratutto non si pensi a imitazio-ne. Già tra l'imitazione e le fonti spesso noi confondiamo; e sco-prendo fonti di qualche opera d'arte, noi diciamo o intendiamo o facciamo involontariamente credere d'aver tolto qualche fronda alla corona di lauro dell'artista. Il che è curioso parecchio, specialmente se si tratta di poeti epici, che di necessità, per istituto dell'arte loro, raccontano per disteso cose già in parte sapute, e raccontano quelle perchè proprio l'uditore vuol di quelle conoscere maggiori particola-ri, e le avventure che le precederono e quelle che le seguirono. Sic-chè il poeta, quando per caso deve narrare d'un personaggio nuovo e straniero ai soliti cieli, è costretto a prestargli, a fingergli, ad asseve-rargli una fama che non ha. Insomma, e per tutti i generi oltre che per l'epico, quando si fanno o si leggono certi studi «crenologici», bisogna aver in mente due cose per tenere in misura e in tono i nostri giudizi; due cose: l'una, che lo scrittore non può inventare propria-mente, che non è la natura esso, o Dio; l'altra, che, se anche lo scrit-tore potesse inventare proprio, il lettore gliene sarebbe tutt'altro che grato, e respingerebbe l'opera sua. Dunque io non parlo d'imitazione che il Manzoni abbia fatto, nè di fonti a cui abbia derivato: voglio fare un cenno, un cenno solo, di qualche cosa di più e di meno nel tempo stesso; adombrare appena lo studio d'una grande mente nell'atto stesso che genera l'opera grande, la quale a lui medesimo, se volesse o potesse fare l'analisi degli elementi semplici di cui è com-posta, parrebbe più mirabile di un sogno scomposto nelle sue spiri-tuali molecole. Premesso questo, sapete donde io sento che echeg-giano i passini frettolosi di Menico? Dalla più grande e famosa città dei miti, dalla città degli Dei, da Troia, nella sua ultima notte.
Manzoni amava e studiava Virgilio, da cui derivò anzi, si può di-re, un, non voglio dire se pregio o difetto, carattere della sua manie-ra: quel prender parte con un sorriso, con un sogghigno, con una la-grima a ciò che narra; quell'assistere i suoi personaggi con un cenno ora di compassione, ora di rimprovero, ora d'ironia. Un esempio o due, come vien viene. Renzo lascia Lucia e Agnese la sera di

quel giorno che doveva essere, e non fu, così felice per lui, «col cuore in tempesta, ripetendo sempre quelle stesse parole: - a questo mondo c'è giustizia, finalmente. - Tant'è vero che un uomo sopraffatto dal dolore non sa più quel che si dica». Don Abbondio si scervella su Carneade: «Tanto il pover uomo era lontano dal prevedere che bur-rasca gli si addensasse sul capo!» È il momento decisivo per Geltru-de (così sin allora egli la chiama), che deve rispondere al prete sulla sincerità e libertà della sua vocazione. «Per dare quella risposta, bi-sognava venire a una spiegazione, dire di che era stata minacciata, raccontare un storia... L'infelice rifuggì spaventata da quest'idea». La madre di Cecilia (chi non capisce subito di chi voglio parlare?) «stette a contemplare quelle così indegne esequie della prima, finchè il carro non si mosse, finchè lo potè vedere; poi disparve. E che altro potè fare se non posar sul letto l'unica che le rimaneva, e mettersele accanto per morire insieme? Come il fiore già rigoglioso sullo stelo cade insieme col fiorellino ancora in boccia al passar della falce che pareggia tutte le erbe del prato». Quest'ultimo passo mi dispensa dal cercare i tanti luoghi di Virgilio dove egli mostra, per così dire, il suo viso o commosso o sdegnato tra i personaggi e i fatti da lui creati (ricordate Aen. I 716 e segg.: 'Essa con gli occhi, essa con tutta l'a-nima, sta fissa in lui, e talora nel grembo lo tiene, e non sa Didone qual potente Dio a lei infelice sia sopra!'); mi dispensa, dico, dal cer-care altri esempi, perchè me ne suggerisce uno che val per molti: la chiusa dell'episodio di Eurialo e Niso (Aen. IX 435 e segg.), in cui la commozione tenera e forte del poeta si rivela con una soave com-parazione di fiori e con una promessa calda, divina, d'immortalità. Mutate il romano antico in cristiano moderno, il poema in romanzo: il «Fortunati ambo» di Virgilio diventa il «tiratela a voi, lei e la sua creaturina» del Manzoni, in persona di Renzo. Ma qui dunque il Manzoni avrebbe imitato Virgilio? Non credo: il Manzoni, che certo aveva pianto più d'una volta nel leggere quella chiusa, nel momento in cui scriveva la sua «madre di Cecilia», forse non la ricordava nemmeno. A ogni modo, egli ha creato, e precisamente dove non si può negare che abbia imitato: nel paragone del fiore, così comune nella poesia antica e moderna. Ha creato per quel particolare nuovo del bocciuolo che cade col fiore sbocciato: il bambino del fiore! Pic-cola cosa? Queste piccole cose sono la poesia, solo queste: le grandi sono sovente vampate di retorica, che è una bella, bellissima arte, ma non è la poesia.

Come dunque per queste lagrime, così anche per i passini di Me-nico può darsi che il Manzoni non pensasse a Virgilio, mentre scri-veva. Ma la sua fantasia, senza che esso se ne rendesse forse conto, elaborava elementi virgiliani. La notte degli imbrogli e dei sotterfugi è l'ultima notte di Ilio trasformata in modo che nessuno, nemmeno Manzoni, sospetterebbe la strana trasformazione. Eppure è così. L'impressione generale è la stessa. In tutte e due le mirabili creazio-ni, al brusìo, festivo e straordinario in Virgilio, consueto nel Manzo-ni, della sera, succede il silenzio notturno interrotto poi da grida, suoni, apparizioni, che finiscono là a un vecchio tempio di Cerere, dove si sono raccolti i destinati all'esilio - spunta sui cocuzzoli del monte la stella del mattino - qua nella chiesa d'un convento, donde i fuggiaschi vanno alla riva del lago e s'imbarcano. «Non tirava un ali-to di vento; il lago giaceva liscio e piano, e sarebbe parso immobile, se non fosse stato il tremolare e l'ondeggiar leggiero della luna, che vi si specchiava da mezzo il cielo» . Con una grande pace, pace di singhiozzi dopo lo scroscio del pianto, pace di dolore tutto in sè rac-colto, quando il dolore si gusta nel nostro segreto come un piacere, terminano le due notti. Gli esuli di Ilio si volgono al chiaror del giorno, a rivedere la patria - i Danai occupavano in armi le soglie -; al chiaror della luna guarda Lucia il palazzotto di Don Rodrigo e il suo paesello e la sua casetta, col fico che sopravanzava il muro del corti-le. L'esilio... Si direbbe che il Manzoni, nell'anima semplice di Lucia, abbia voluto fare l'analisi, che Virgilio non poteva fare, dei senti-menti di quelli antichi, che lasciavano piangendo i lidi della patria, le nude spiagge, dove la patria non era più se non qualche maceria e qualche fumacchio.

Nell'una notte e nell'altra è un bel lume di luna. Notevole è che nella narrazione di Virgilio ora c'è, ora pare non ci sia (cf. II 340 e 360, 397, 621). Era giuoco di nuvole? d'ombre? Ma sopra tutto un verso, molto «suggestivo» ci ferma, il 255: A Tenedo, tacitae per amica silentia lunae. Tutti ammirano, e inclinano, bontà loro, a con-cedere, per questo e alcuni altri versi, a Virgilio un sentimento quasi moderno della natura. Nel fatto, che cosa vuol dire quel verso? Ha voluto veramente il poeta mescolare e far tutt'una della sensazione della vista e di quella dell'udito? O ha voluto significare che la luna non s'era ancora levata, o che, levatasi, si era, per provvidenza di Dei in favore de' Greci, nascosta tra le nuvole? Qualche argomento, che non è opportuno riportare qui mi farebbe credere quest'ultima cosa: che fosse tra le nuvole, allora. Ma io vorrei saperne un'altra: che cosa ne pensasse il Manzoni, il quale, secondo me, deve aver derivata da quella frase, consciamente o inconsciamente, molta ispirazione. In vero è curioso osservare che anche nella sua notte la luna vien fuori dopo, come quella che non era nel primo quarto - parrebbe - essendo che Renzo continua la sua strada «nelle tenebre crescenti», e si avvia con Lucia e gli altri alla casa del curato «nelle tenebre», mentre poco dopo, quando esso curato apre la finestra, può vedere che è il «più bel chiaro di luna». Era la luna spuntata nel frattempo? Può darsi, e può anche darsi che il Manzoni interpretasse il luogo di Virgilio in un modo analogo. Ma ogni modo, a questo solo volevo concludere che il chiaro di luna nella notte manzoniana serve a segnare il contra-sto tra le inquiete operazioni degli uomini e la placida indifferenza della natura. «I passeggieri silenziosi, con la testa voltata indietro guardavano i monti, e il paese rischiarati dalla luna, e variato qua e là di grand'ombre». Virgilio, tutto insieme, se ne è passato; ma quel famoso verso, così dubbio, sembra a molti che basti a suggerire una quantità di idee poetiche. Ha, per esempio, ispirato il Leopardi nel suo Bruto:

E tu, dal mar cui nostro sangue irriga,
Candida luna, sorgi,
E l'inquïeta notte e la funesta
All'ausonio valor campagna esplori.

Che, in fatti, il Leopardi pensasse a Virgilio e a Troia, si presume da quel che segue:

dalle somme vette
Roma antica ruina;

che deriva dalle parole di Ettore, pronunziate poco dopo quel tran-quillo veleggiare al lume silenzioso della luna: ruit alto a culmine Troia.
Ma i passini di Menico? Eccoli. Il doloroso gruppo della famiglia fuggente era già alla porta della città e si poteva considerar salvo «quando a un tratto all'orecchio parve che venisse un trito scalpitio». Però nella mente del Manzoni (ripeto, forse ne era conscio, forse no) questo minuto calpestìo si contaminò, si confuse coi passi di Iulo, di cui poco prima Enea racconta: «alla destra si aggavignò il piccolo Iu-lo e segue il babbo coi suoi passettini non misurati ai miei». Il Man-zoni sentì il suono di tali piccole péste di bimbo sul suolo della patria morta, nell'oscurità notturna. E la casa in fondo al paese? col fico sul cortile? Eccola: «quantunque la casa d'Anchise, appartata, sia in fondo, coperta d'alberi». Ben altro rumore è quello che sente al suo svegliarsi Enea: tuttavia l'effetto dei ton, ton, ton, ton, è proporzio-nalmente, e con un sapor di comico, lo stesso che quello del grande incendio e della grande piena. Panto che fuor di sè corre alla casa di Enea, ricorda quel tale «tutto trafelato, che stentava a formar le pa-role»; e le parole di Panto, pur nella solennità epica degli esametri, quando accennano al cavallo che versa armati, richiamano alla mente queste altre, sebbene contadine: «che fate qui, figliuoli? non è qui il diavolo: è giù in fondo alla strada, alla casa d'Agnese Mondella: gente armata; son dentro; par che vogliano ammazzare un pellegrino; chi sa che diavolo c'è». E il pellegrino, cioè Griso, or mi pare Sinone, or, coi suoi bravi in agguato, fa pensare ai Greci nascosti nel cavallo, or ha l'aria dei Troiani travestiti da Greci (sebbene questi li ricordi più il bravo da Bergamo: Corebo che diventa Grignapoco!), or as-somiglia nè più nè meno che a... Enea che arringa gli ultimi campioni d'Ilio. Si sa: il bravo non ha l'eloquenza dell'eroe: maggior concisio-ne, per altro: «andiamo da bravi:

zitti e attenti agli ordini». Così una, volta, e l'altra: «Presto, presto! pistole in mano, coltelli in pronto, tutti insieme; e poi anderemo: così si va. Chi volete che ci tocchi, se stiam ben insieme, sciocconi? Ma, se ci lasciamo acchiappare a uno a uno, anche i villani ce ne daranno. Vergogna! Dietro a me, e uniti». Qui la salvezza è nell'unione; in Virgilio, può essere solo nella disperazione. E gli eroi di Enea somigliano nelle tenebre della notte un branco vagabondo di lupi famelici, e i bravi del Griso, una mandria di porci, cui il cane rimette in ordine.

Sì, sì: è un sogno pieno di bizzarre e incerte parvenze; il «casolare diroccato» ha ora l'idea della macchina «feta armis», ora le sembianze del «vecchio tempio deserto di Cerere», nello stesso modo che Menico ora è Iulo, che sgambetta vicino al babbo, ora par tutto... Androgeo: «a un tratto... si accorse d'essere incappato in mezzo ai nemici. Stupì; e ritirò indietro a un punto il piede e la voce. Come chi pestò un serpente, che non aveva veduto... Così Androgeo esterrefatto... voleva andarsene». Ma non tutto vorrei credere effetto dell'immemore accozzarsi d'idee e sensazioni. Come a me pare che il Manzoni con la sua analisi della divulgazione misteriosa del segreto (cap. XI), «che d'amico fidato in amico fidato gira e gira... tanto che arriva all'orecchio di colui o di coloro» ecc., abbia, dirò così, tradotto in sorriso vernacolo la stupenda descrizione epica della Fama (Aen. IV, 173); così credo che volutamente e pensatamente in un altro luogo dei Promessi Sposi, nel cap. VII che precede la notte degli imbrogli, abbia trasformato, volgarizzando ma vivificando, in Renzo e Lucia, nientemeno che Enea e Anchise. Oh! Lucia! Eppure è così. Lucia non si vuol persuadere al matrimonio di sorpresa, e pensa al filo che ha il padre Cristoforo. Come finalmente si persuade? Renzo comincia a andare in su e giù per la stanza, a proferire parole sempre più chiare di minaccia contro Don Rodrigo, tra lo spavento e i pianti delle due donne, finchè: «Ebbene! gridò Renzo, con un viso più che mai travolto: io non vi avrò; ma non v'avrà neanche lui. Io qui senza di voi, e lui a casa del...» E allora Lucia piange, supplica, con le mani giunte, gli si butta in ginocchioni davanti; e Renzo: «Che bene mi volete voi? che prova mi avete data? Non v'ho io pregata, e pregata, e pregata? E voi: no! no! - Sì, sì, rispose precipitosamente Lucia...» Or bene, leggete del solito libro dell'Eneide i versi 634 - 704. Anchise, il vecchio fulminato, ricusa di salvarsi. Nulla può smuoverlo. Enea allora dichiara che non sopravvivrà nemmeno lui e tornerà tra i nemici per morire: morire senza vedere la strage de' suoi: «Arma, viri, ferte arma... La moglie gli si oppone sulla soglia, abbracciandogli le ginocchia (era dunque in ginocchioni) e tendendogli il figlioletto. Qui avviene un prodigio e il vecchio finalmente cede, dopo avere avuta di quel prodigio la sanzione divina. Era più ostinato di Lucia, Anchise! Ma si assomigliano, non è vero? Salvo che in Lucia è, oltre Anchise, anche Creusa. E Renzo a Enea? Oh! più che non si possa credere. Enea sta per fare una cosa irragionevole: glielo dice bene Creusa: «Se vai per morire, porta anche noi; se hai qualche speranza dell'effetto delle tue armi, resta qui a difenderci». Come sarebbe andata a finire la cosa, se non interveniva il prodigio? Probabilmente, Enea non avrebbe messo in opera il suo proposito e Anchise si sarebbe persuaso. E qui ci domanderemmo: «Aveva Enea pensato di che profitto poteva essere per lui lo spavento di Anchise e Creusa? E non aveva adoperato un po' d'artifizio a farlo crescere, per farlo fruttare? Il nostro autore protesta di non ne saper nulla...» Queste parole del Manzoni, mutati quei due nomi, sembrano suggerite dalla lettura di Virgilio. Noi sappiamo, noi Italiani, fedeli al genio italiano, che due grandi e perfette anime ha guidate e ispirate l'anima cortese Mantovana: Dante e Manzoni.

Per questo, io ragazzo, leggendo nel collegio, dentro il cassetto del mio tavolino, i bei tre tomi dell'edizione milanese, provava una sensazione doppia, di cui un elemento mi sfuggiva. Nella scuola io aveva già studiato il secondo libro dell'Eneide, e mi ero commosso all'esclamazione: «O patria, o divum domus Ilium!» come ora mi commovevo per l'addio ai monti, alla casa natia, alla chiesa del paesello. E così allora, senza rendermi conto delle somiglianze, seguii trepidando, nella loro fuga, sì la famiglia d'Enea, sì Renzo e Lucia, con un amore e una tenerezza particolari per i due bimbi che camminavano tra i grandi facendo due passini per ognun de' loro.

A Ferdinando Martini

Guardo e riguardo il suo punto fermo, onor. Martini . Cedo alla tentazione e metto una mia virgola sotto il suo punto. Permette?

Ella è stato il ministro dell'istruzione più caro alla gioventù stu-diosa. Poichè questo aggettivo è diventato ambiguo, come «sacro», che vale anche «esecrando», e può, nell'un dei sensi della frase che le ho indirizzata fare un'ingiuria che ella avrebbe ragione di respinge-re, mi affretto a dichiararle, onor. Martini, che la gioventù studiosa di cui parlo, è quella... degl'insegnanti.

Purtroppo, in Italia non studiano se non i professori (così ci chia-mano), e più tra loro studiano, e meglio, il che è consolante, i più giovani. Dalla tribuna e dai giornali si annunzia ogni giorno, che l'I-talia ha fatto un passo più giù per i gradini delle fatali Gemonie; e intanto, in parte, ove codesti giornalisti e uomini politici non guar-dano o non vedono, si ascende: si lavora a rimettere a nuovo le vec-chie glorie, a conquistarne di nuove, a guadagnare, se non quelle ci-me donde un tempo vedevamo gli altri in basso, almeno tali alture dove gli altri, e siano pure più su, ci possano scorgere e dirci: «Ah! ci siete anche voi? Da bravi!» Oh! sarà una bella sorpresa per i nostri valentuomini che non guardano, come altezzosi, non vedono, come presbiti che sono, se non in su e lontano, e che, predicando di anno in anno che il nuovo non è ancora e il vecchio non è più, finiranno un bel giorno con l'annunziare finita l'Italia; sarà per loro uno stupo-re, voglio credere, progrediente in letizia, sentirsi ripetere in coro: «Come, finita? e l'arte italiana? e la scienza italiana?» Stupiranno e si allieteranno allora codesti uomini dalla mala luce e dalle ciglia alza-te; per ora trovano, credo, magro il compenso che questa gioventù studiosa prepara al danno che, in fin dei conti, essi procacciano o non evitano alla patria. E lo sanno anche loro, i bravi e modesti gio-vani, non consolati nè d'un poco di agiatezza nè d'un lampo di glo-riola nè d'un sorriso di assentimento; lo sanno anche loro che il com-penso è magro: essi fanno il loro mestiere, nè è di loro cambiarlo con un altro, nemmeno più facile, come, per esempio, il vostro, o reggito-ri e sindacatori nostri, che non vedete o non guardate! È dunque tale gioventù studiosa d'insegnanti, onor. Martini, quel-la che le vuol bene e da lei sperò ed ebbe, e spera (senza far torto a nessuno) e avrà ancora. Io ho cercato qualche volta e credo d'aver trovato perchè, in un crocchio qualunque d'insegnanti, il suo nome come di ministro passato o futuro (specialmente futuro, peraltro) ha minor numero d'oppositori: minore dico; chè non si può, anzi non si deve, piacere a tutti. Ecco il perchè, o meglio, uno dei perchè; il principale però, a mio parere. I ministri che l'hanno preceduto, on. Martini, buoni, bravi, cortesi tutti, ebbero quasi tutti rivolta l'indu-stria del loro ingegno ed esplicata la tenerezza del loro cuore a prò bensì della gioventù studiosa, ma di quell'altra... di quella che studia poco. Si sono accontentati gli scolari: quanto ai maestri... È stato come in una rissa; dove chi accorre a sedarla, nell'accarezzare il pic-cino frignone, guarda a stracciasacco il grandicello. Oh! si capisce la premura maggiore per l'avvenire più integro e più lungo di promesse e speranze, la maggiore simpatia per il passato più breve e puro di pensiero e di tristezza; ma pietà pietà per quelli che appena entrati nella vita guardano già l'avvenire con diffidenza e il passato con rimpianto! Questi sono giorni di «passo» : migrano in questi giorni da nord a sud, e da sud a nord, i giovani professori, con appena un po' più di masserizie che le rondini, accompagnati quasi sempre da una loro mogliettina che non ebbe più dote d'una rondine e fu sposa-ta per amore e primavera. Sono giovani: amateli. Che importa, se li invecchia un poco qualche visetto (patitino, per lo più) di bimbo? È la prima cova, quella. Che fa se li invecchia, prima delle rughe, quel-lo star sopra sè, gravi e quasi tristi, per l'abitudine d'avere avanti a sè gli scolari, per la necessità di dover fare da babbi ai loro fratelli mi-nori? Fratelli, fratelli, e non più. Ma è come nelle famiglie chiuse e solette; che la mamma, per accarezzare i piccini, si dimentica, e a po-co a poco si disavvezza, di accarezzare i grandicelli; e questi per il mancare delle carezze della infanzia prendono a poco a poco la se-rietà dell'adolescenza; e la madre si sente da quella serietà nuova sempre più contrariata a riprendere con loro la soavità antica: oh! ma si provi! Appena ella preme con la mano quasi sospesa, un poco, i capelli del suo fanciullone, questo le concede tutto il collo, tutto il capo, tutto il viso, e ritrova con la sua bocca la cara adorata bocca, e scivola sulle ginocchia materne, e dà e riceve i baci d'una volta, e ri-sente e ripete le paroline d'un tempo. C'è solo, di qua e di là, qualche lagrima ora, che allora non c'era.

Dove ero rimasto? Ah! A lei i giovani vogliono bene, onor. Marti-ni, perchè ella mostra loro quel, diciamolo affetto, ma è un sentimen-to, che esercitato tra uguali, e da inferiore a superiore, si chiamereb-be più propriamente «rispetto». Perciò sperano da lei i giovani; e lo dico io che non sono più giovane e non uso sperare più, e non sarò quindi sospettato; e lo affermo io, che sperimentai codesta sua bontà riguardosa, che era di superiore perchè pareva d'uguale; io con altri molti, e quindi sarò creduto. Fu per la famosa Commissione, si ri-corda? quando ella convocò una ventina di professori secondari (che scandalo!) di latino, per ragionare e consultare... di che. Dio mio? di banchi, di scuola, di abbecedari? No: lo scandalo fu grande, perchè ci convocò a discorrere appunto di latino. Noi? Proprio noi. Ma se-condari proprio? Secondarissimi: c'era l'Ercole, il Ronca, il Brilli, il Cima, il Decia, il Setti, il Murero, il Tincani, il Bonino: c'ero anch'io. C'erano da un venti (e potevano essere quaranta e cento) di questi anfibi che hanno il loro pascolo nello stagno, a volte melmoso, della scuola, e il loro svago nel prato sempre fiorito della scienza; di questi cari esseri che tirano con la forte rassegnazione dell'alfana la carretta dell'insegnamento tutto il giorno, e alla sera aprono le ali dell'ippo-grifo nel cielo libero dell'arte: gente che meglio d'ogni altro «al mondo» aveva decifrate e illustrate iscrizioni osche, che meglio d'o-gni altro «al mondo» aveva descritta la cultura del Medio Evo, che aveva derivato dalla ricca Germania tesori d'erudizione per l'Italia immiserita, che aveva scritto volumi, non solo grossi ma belli. Povera gente! di cui non si parla mai nei giornali, e non si parlò, per esem-pio, in una recente disputa sul decadimento della letteratura italiana, perchè non scrive romanzi. Ebbene quei professori, giovani allora dal più al meno, molto amarono lei, on. Martini, per quella sua fiducia, alla quale risposero come poterono. E meglio avrebbero risposto, se la fiducia fosse stata - ma non era a lei lecito concederla - più piena. Non le era lecito, perchè sa quale e quanta avrebbe dovuto essere quella fiducia, per fruttare? Tale e tanta: «Cari amici, eccovi regola-menti, programmi, orari, leggi e decreti: bruciate tutto e rifate tut-to!»

Sicuro! e noi avremmo rifatto tutto. Che meraviglia? È superbia, se un calzolaio si assume di far nuove le scarpe che gli si portano a rattoppare? meraviglia, se le fa? In vero io, e, credo, tutti gl'inse-gnanti d'Italia, abbiamo in pectore, i nostri bravi orari, regolamenti e programmi; e quelli tra noi che non sono già vecchi, avranno proba-bilmente agio di decretarli e promulgarli. Sì; perchè è impossibile che lo Stato pensi ancora per molto tempo ad essere, con tanti altri grat-tacapi, il gran Preside dei Licei e il gran Direttore dei Ginnasi, e, con tante spese, a pagare, quasi senza alcun rimborso, l'istruzione profes-sionale, e a pagarla, con tanto nuovo fervore d'uguaglianza e di giu-stizia, quasi soltanto ai figli di quelli che la potrebbero comprare coi loro danari. Il giorno in cui lo Stato si libererà di questa briga, oh! sarà un gran giorno per gli spiriti alacri, vigorosi, impazienti d'Italia! Io ho pensato (se non sarò prima andato nel paese ricco di zolle con la donna bianco vestita), quali saranno i miei compagni; gentili sa-cerdoti dell'Ideale; lassù, a cavaliere di quella piccola, antica città, piena di memorie e di sogni; le cui campane nell'ora del tramonto echeggiando nella valle sembrano, udite di lassù, persuadere blan-damente i vivi a ritirarsi, a chiudersi, a dormire nelle belle case bra-mantesche, perchè dalle necropoli etrusche e romane possano i morti due o più millenni prima uscire senza timore a godersi il fresco della notte ambrosia. Il Liceo o Ginnasio (ci decideremo per uno de' due nomi: uno è di troppo), su quell'altura, pare il tempio di Minerva, che videro gli esuli d'Ilio, prima apparizione di culto umano, in alto, tra quell'oscuro succedersi di colli sotto la caligo mattinale... Non ricor-date?

Quattro cavalli bianchi macchiavano il verde d'una prateria; e quegli stranieri gridavano (la voce arrivava fioca e come stanca tra lo sciacquìo del mare), gridavano, e c'era un bel vecchione tra loro: Ita-liam! Italiam!

Il mio Liceo somiglia dunque a quel tempio, ed è la gemma della città, ed è l'orgoglio e la gioia de' buoni cittadini, che vi vengono a passeggiare intorno, nelle belle sere, per il grande viale di platani e pioppi, scansandosi qualche volta rapidamente avanti la corsa di due giovinetti, che fanno la ginnastica a modo loro e mio. E... come vi-vremo, compagni miei? Meglio d'ora, molto meglio. Quando si parla di scuole secondarie si sdrucciola sempre a ragionare di stipendio. Ecco, io vorrei che non se ne parlasse e non se ne fosse parlato mai; ma per altro un ragionamento in proposito l'ho fatto anch'io; ed è questo, e credo che torni: se si considera e somma il valore proprio (che si ceve indurre, detraendo quello che si ha a detrarre, dall'utile che recano) delle licenze ginnas ali e liceali d'ogni anno, si trova che fanno un totale molto molto molto superiore al danaro che lo Stato sborsa per paga a chi insegna e per altro. Sicchè in verità lo Stato è bensì generoso coi discenti, ma a spese dei docenti. Vivremo dunque meglio, cari compagni. E i poveri? Gl'ingegni sfortunati? Non dubi-tate: li sapremo bene scovare noi, nelle soffitte e nei tuguri, questi ingegni sani, semplici, primitivi; e quando li restituiremo con l'agia-tezza e la gloria alle loro mamme piangenti di gioia e di riconoscen-za, troncheremo i dolci loro ringraziamenti, con i nostri, spiegando come - il suo caro ragazzo, signora, coi suoi ottimi successi ci ha chiamati tanti nuovi alunni, che, non per farle torto, ma possiamo consegnarle una buona sommetta, guadagnata da lui stesso, per i suoi primi passi nella carriera... - Così diremo, e il nostro cuore sarà beato.

Ma ho divagato di nuovo? No, perchè questo volevo dire, on. Martini, che, siccome nelle nostre scuole classiche avremo allora an-che il sanscrito, e leggeremo Kâlidâsa, e ci inebbrieremo delle musi-che de' Kinnara e de' Gandharva, noi ora vorremmo che, per una ra-gione o per un'altra, non si pregiudicasse l'avvenire, togliendo ora o rendendo facoltativo il nostro greco. Rendendo facoltativo! Ma ci ha pensato abbastanza alla stranezza di questa idea? Ma non è tutto facoltativo lo studio? Chi obbliga?... Noi, si risponde: sì, noi obbli-ghiamo i nostri giovani a procacciarsi un certo tipo e una certa dose di cultura, quale ci pare adatto e sufficiente per entrare nelle Univer-sità. Ora i greco non ci pare necessario, per tutti. Sta bene: ma per-chè tanta premura, tanto rovello, tanta insonnia, direi, a ciò che i giovani se la procaccino questa cultura, col tipo e nella dose richie-sti? L'insegnante ha un gran registro, dove sono segnate a ogni mo-mento le pulsazioni di codesta cultura: sette, otto, cinque meno, cin-que più. Badate, tastate a ogni quarto d'ora, abbiate sempre tra le di-ta i polsi giovanili. Adagino con la roba nuova: interrompetevi, pro-vate. Ogni due mesi o ogni mese (secondo ministri) rivista generale: l'uno dopo l'altro passino tutti (trenta o quaranta in ogni scuola) avanti il sig. professore, e ripetano il poco che egli ha potuto dire di nuovo, e mostrino - di settimana in settimana, di mese in mese - qua-li progressi hanno fatto «nella difficile arte del comporre». Alla fine dell'anno scolastico, il professore compulsi i suoi registri, sommi e divida, dopo aver di nuovo testato, interrogato, rivisto: cinque e tre quarti, può dar l'esame; cinque e un quarto, non può. Po-, esame di primo appello: quindici o venti giorni passati in rivedere, interrogare, tastare: sei, idoneo; cinque, non idoneo. Poi, di lì a tre mesi, esami di secondo appello: altri quindici giorni buttati a tastare, interrogare e rivedere. Perchè perdere tanto tempo? Donde tanta premura minu-ziosa, seccante e dannosa a forza di voler essere amorevole? Lo imaginate voi il buon legnaiolo che ha uno o due apprendisti, il quale non seghi e non pialli, si può dire, più, per esaminare mese per mese, giorno per giorno, ora per ora, i progressi de' suoi due garzoncelli nel segare e nel piallare? Poveri bimbi! Per loro sono pedate, se non im-parano, e anche quando imparano; e apprendono guardando e imi-tando, e se apprendono, buon per loro; se no, a casa o a un altro me-stiere! Perchè tanta pietosa cura per i nostri giovinetti delle scuole secondarie, che sono in fin dei conti professionali e non altro; per i giovinetti fortunati anche nel resto, che hanno tiepida, per lo più, la casa e abbondevole la mensa? Cura pietosa che non fa poi alcun be-ne a quelli per i quali pare necessaria, e porta infinito male ai pochi o molti pei quali è superflua. Quanto sarebbe meglio fare che tutti gli orari, programmi e regolamenti riuscissero nel loro complesso a que-sta «orazion picciola»: Cari giovinetti, quando eravate nelle elemen-tari, noi vigilavamo su voi, perchè imparaste: vigilavamo, sì, per il vostro bene, ma ora possiamo confessare che quel vostro bene si confondeva col bene nostro, con quello di tutti. Ora le cose mutano. Voi studiate principalmente per voi. Non diciamo che alla società non sia per venire utile e onore dai bravi medici e dai bravi ingegne-ri; ma i bravi medici e i bravi ingegneri non mancano alla società mai, perchè ci sono sempre quelli che diventano tali per loro irresi-stibile inclinazione contro tutti gli ostacoli, oltre ogni eccitamento. Che ce ne siano quaranta invece di venti, è sì un bene grande, ma non necessario: i venti lavorerebbero per quaranta, se rimanessero in venti. Dunque noi faremo a meno di esortarvi e di vigilarvi; e far perdere il tempo preziosissimo ai pochi o molti che vogliono riuscire e provano immenso diletto nello studiare oggi e proveranno domani grande utile e gloria nell'esercitare; e diminuire così anche il frutto e l'onore che la società può ritrarre da loro; per tener dietro agli altri, molti o pochi, che vogliono essere pregati e ripregati (carini!), liscia-ti, accarezzati, per far cosa non utile che a loro stessi. Somigliano questi ai bimbi che fanno le bizze e vogliono mangiare senza aprir la bocca. Or bene, noi non siamo mamme, nè sopra tutto mammine te-nerine, che con le moine si mettano attorno a quella boccuccia per farla aprire, nè infine così irragionevoli e crudeli, che, a tavola (la scuola è un convito), facciano freddare la minestra agli altri, non permettendo loro di cominciarla finchè non si sia deciso di assag-giarla il bimbettino. Avete dunque tutti facoltà di studiare, libertà di non studiare. Fate voi, chè fate per voi». Ma che assurdo è questo che nel mercato ci sia chi offre per una certa somma un certo numero di cose - greco, latino, matematiche, filosofia - e il compratore dica, che sì, il prezzo gli va e la merce gli torna, ma delle cose ne vuole una meno? Passiamo che quella sia cosa di cui non sappia che farsi. Ma via! porta a casa anche quella, chè tu non abbia col tempo a sen-tirne la mancanza; e a ogni modo non danneggiare gli altri comprato-ri, che possano già vederne l'utilità, e vedano in tanto i mercatini ri-porre e certo non fabbricar più nè portar più in piazza la giunta mal gradita! E se questa «giunta» non fosse poi tanto da buttar via? Se questo «greco» non fosse poi tanto inutile?

Ma questo, onor. Martini, lo dice anche lei, che è utile, utilissimo. O dunque? Ma lo crede meno utile che il resto. E anche tra il resto c'è il meno e il più utile, non è vero? Per esempio, il latino è delle di-scipline che avanzano, tolto il greco, la meno utile. Come no? Non sa lei che il latino, senza greco, s'intende poco, sì come lingua, sì come letteratura? Dirò meglio: si frantende. Pensi, onor. Martini, allo pseudo-umanesimo succeduto all'umanesimo vero, pensi al latino de' seminari (ora si vanno rimettendo), pensi la goffaggine di quell'arte, la nullità, falsità e cecità di quella critica! Sapevano il latino quei maestri d'umanità e retorica? A ogni momento ce li ricordano per farci vergognare della nostra ignoranza; e non è vero che lo sapesse-ro, quel loro latino campato in aria, solo solo, pieno di licenze e biz-zarrie, che essi ammiravano, ne' suoi scrittori, per partito preso, per astio, si può dire, alla modernità. Senza il greco non si capisce la dif-ferenza in latino tra poesia e prosa, e tra prosa d'uno e prosa d'un al-tro. Senza il greco, il latino è possibile saperlo, come (io cerco un pa-ragone per dispensarmi dal dimostrare io ciò che tutti gl'intendenti danno per dimostrato), come sapere scrivere senza saper leggere. Senza il greco dunque il latino non può sostenersi. Ed ella lo sa di certo, che l'uno porterebbe via l'altro e che Omero ritornerebbe con Virgilio a braccetto nell'asfodelo prato; sebbene... Sebbene, mi ri-cordo, tra i cari giorni passati per sua benignità in Roma, una sera bella tra tutte e un conversare più d'ogni altro memorabile. La sera del banchetto, ella ci disse: Altro che greco! si tratta di difendere il latino minacciato anch'esso, e come! E io pensai che tanto fosse co-me in un incendio gridare che bisogna salvare il primo piano e che perciò si deve abbattere il pian terreno. E potevo anche aggiungere, venendo da lei, così autorevole, la proposta dell'abolizione, che lei, proprio lei, appiccava fuoco al pianterreno appunto per salvare il primo piano, il quale, s'intende, senza quell'incendio non avrebbe corso altri pericoli. Ma l'aggiunta sarebbe stata ingiusta, perchè è ve-ro, pur troppo vero, che da molti, da troppi, si parla contro il greco e contro il latino. E contro l'antico italiano? contro Dante? Eh! io non vedrei davvero con quali ragioni si potesse difendere lo studio della Divina Comedia contro chi avesse costrette alla fuga l'Eneide e l'I-liade. Non sarà certo la teologia scolastica che le parerà i colpi degli utilitari: nè le otterrà, grazia presso i pietosi della giovinezza la sua relativa facilità. Oh sì! Destinate due fanciulli, di pari ingegno e vo-glia, uno all'Iliade, l'altro alla Comedia: giungerà prima quello a in-tendere l'ira d'Achille, nel testo greco, attraverso il Curtius e lo Schenkl, che l'altro a seguire Dante nel suo viaggio dalla selva sel-vaggia alla divina foresta, e da questa all'empireo.

Un paradosso? No davvero. Piuttosto è una asserzione gratuita quella che il greco si apprende difficilmente e che in realtà nelle no-stre scuole non si apprende. I principii trovano il giovinetto quasi sempre curioso, voglioso, animoso. Li impara, generalmente, bene, e li ricorda con una fedeltà mirabile. Ma è vero che i suoi passi non sono sempre così lunghi: presto è costretto (dico, costretto) a pestare le sue orme. Come mai? Mancano nelle nostre scuole certi strumenti necessari. E li fabbricheremo, stia certo, onor. Martini; se ci darà tempo. Ma intanto mancano: manca, per esempio, una collezioncina ricca e svariata di scrittori con apposito vocabolario per il passaggio dagli ormai frusti esercizi dello Schenkl e d'altri a una lettura più larga. Già negli esami della quarta e quinta ginnasiale noi non ci ac-corgiamo di proporre a quei poveri giovinetti un logogrifo piuttosto che un tema, una tortura più che un logogrifo, un'assurdità crudele. Dobbiamo provarli nella grammatica, ed esigiamo che ci rispondano in lessicografia. Essi si scervellano, con effetto, per lo più, di nostre ignoranti risa, non a definire quale caso sia di quel nome e quale tempo di quel verbo, ma a rintracciare fra trenta o quaranta significa-ti di una parola, quale sia quello che si adatti a ognuna delle parole del tema e che non contrasti a quello della precedente e della se-guente, che è anche esso da rintracciare in due colonne di un voca-bolario usato e veduto forse quel giorno per la prima volta. Quella è la prova che dà il primo scoraggiamento, quasi un disinganno, al pic-colo alunno. Il quale cambia spesso poi lo scoraggiamento in disgu-sto e in odio, per molte ragioni che non tutte dipendono da lui, e delle quali la più grande è quella, che di una lingua e di una lettera-tura vissuta per quasi due millenni e mezzo con tante forme e con tante differenze da dialetto a dialetto, da genere letterario a genere letterario, da scrittore a scrittore, noi non sappiamo o non abbiamo saputo finora circoscrivere a mano a mano i periodi da studiare, e fornire a ciò i sussidi necessari. Ma li forniremo: intanto si è inco-minciato. Con tutto questo, i giovani che escono dal Liceo sapendo almeno tanto di greco quanto sanno di latino, non sono pochi; e non sono rari quelli che lo ricordano poi almeno quanto la filosofia e la matematica; e nelle facoltà letterarie è più facile trovare chi si dedica al greco che chi si dia al latino e forse all'italiano; il che è segno non sempre e non solo di una maggiore genialità persuasiva e attrattiva nel professore di greco all'università sopra gli altri suoi colleghi, ma anche di maggior frutto e di maggior diletto trovato in quello studio dall'alunno nelle scuole secondarie. Creda, on. Martini, che prima di cedere per cotesta ragione al decreto demolitore del nostro greco, noi pretenderemo una perizia comparativa. Se il greco si deve abolire perchè non si sa, cioè si sa poco dai più, noi domanderemo quale al-tra materia si sappia molto da questi molti o da questi troppi. La ma-tematica? la filosofia? la fisica? l'italiano? Eh! via!

Di questo palio di ciuchi non daremo lo spettacolo, suppongo, e ci appiglieremo ad altre ragioni e ad altri sistemi. Che la cultura sia più intensa e più semplice, è desiderio comune. A proposito, che co-sa è questa cultura? Confesso che non ne ho avuto sempre idea chia-ra: adesso mi pare che ella debba essere il preparamento dello spirito a ricevere non solo una istruzione speciale e professionale, ma anche, e più, ogni seme ideale, che sparga la scienza e l'arte. Nè si tratta so-lo di fornire estimatori all'arte e propagatori alla scienza (sebbene, se solo questo fine si raggiungesse, gli scrittori italiani potrebbero ven-dere i loro libri in Italia!), ma di tener pronto il terreno ai germi, che il genio dell'umanità semina, passando come una meteora, a capric-cio: ai germi che sbullettando e sfronzando diventano le grandi ope-re d'arte e le grandi scoperte scientifiche, mirabili sempre non tanto a vedere quali elle sono, quanto a pensare come e donde elle nacque-ro.

Bene: questa cultura è dunque ben necessaria, se si vuole che l'I-talia ricominci a dare anche lei le vegetazioni singolari di cui sono così feraci le altre nazioni e le altre razze. Semplifichiamola dunque pure, se semplificare vale migliorare. Si dovrà per questo togliere il greco? Strano, cominciare da quella lingua che fornisce il linguaggio a tutte le scienze, da quella letteratura, che procaccia ispirazione e dà norma e regola a tutte le arti, da quello spirito che anima ancora del suo primo impulso, già così lungi, il pensiero umano! O non sarebbe meglio provare, niente più che provare, con altro? Prima di tutto si potrebbe diminuire l'orario delle lezioni, cessando d'insegnare quello che si suole imparare da sè e non si può imparare se non da sè. Ci sono complessi di cognizioni cui l'industria degl'ingegni moderni presenta in giornali e libri con precisione, diremo, uguale, con chia-rezza uguale, se si vuole, e con ampiezza e allettamento molto mag-giori di quelli con cui possa presentarli un povero professore che ha due polmoni soli e insegna quando vuole l'orario e non quando lo scolare è più disposto ad attendere e intendere. Si pretenda che i giovani li abbiano, tali complessi di cognizioni, si dia loro anche qualche utile avviso in proposito, si forniscano loro biblioteche suf-ficienti a questo fine, e si veda ogni anno, ogni tre anni, ogni cinque anni, ogni quanti anni vi pare, se li hanno acquistati e conservati: ma non si facciano perdere loro nell'ascoltare dall'insegnante, nel riudire dai compagni, nel dire alla loro volta una piccola parte di quei com-plessi, tante ore quante agli occhi rapidi e alla mente raccolta baste-rebbero per acquistarli e capirli tutti interi. Per questo verso dunque c'è da semplificare, e non importa che io dica in quante e quali disci-pline. Ma ce n'è una, tra esse discipline, alla quale chi comanda, vor-rebbe dare sempre più ore e lavoro, per la quale invece e il lavoro e le ore potrebbero essere diminuite. È l'italiano. Prima di tutto quel fa-moso esercizio di comporre a che cosa è diretto! A fare degli scritto-ri? Gli scrittori, degni di questo nome, che hanno cioè uno stile, vale a dire una individualità, una ragione di essere chiamati scrittori, sono necessariamente «autodidatti». A dare l'abito del pensiero e del ra-gionamento? Ma a ciò non servono forse meglio le scienze che s'in-segnano, dalla filosofia alla matematica o dalla matematica alla filo-sofia? E si badi che questo esercizio del comporre è propriamente in contrasto o almeno non è mai d'accordo con le dette scienze ragio-native. Domando io ai miei bravi colleghi di italiano, se pur asse-gnando spessissimo temi di etica e di politica, si accorgano mai che i giovani scrittori hanno appunto un altro maestro per provvederli d'i-dee e agguerrirli di ragionamenti in proposito a tali temi. Domando poi ai miei bravi colleghi di filosofia, se hanno mai trovato un pro-fessore d'italiano che non abbia respinte, riempiendole di segnacci e di punti ammirativi, le pagine delle loro lezioni che i poveri alunni (caso strano, perchè gli alunni non se ne accorgono quasi mai, che un tema filosofico loro assegnato è filosofico di quella tale filosofia che insegna appunto il professore di filosofia) abbiano, i poveri alunni, trascritte, per rispondere al tema del professore di italiano. E quante altre domande farei se potessi dilungarmi. Chi può accorgersi mai, leggendo un «componimento», che il suo autore è istradato a osser-vare e conoscere la natura, dai professori di storia naturale e di fisi-ca? Quando mai vi apparisce un argomento matematico? Anche la storia, che pure vi fa capolino, è generalmente solo quella dei rappor-ti tra le vicende politiche e le letterarie; storia così arbitraria, falsa, convenzionale, appassionata, noiosa, che nulla più.
Dunque, semplifichiamo, semplifichiamo! Smettiamo di oltrag-giare nel tempo stesso la scienza e l'arte, di collare ogni settimana buoni ragazzi, invitandoli a dimostrare (niente meno nel secolo di Darwin!) con ragionamenti ed esempi (sì deduttivamente e sì indut-tivamente, come Platone e come Aristotele) la verità di... un assio-ma. Chè per lo più è un assioma, e più è chiaro e indimostrabile (per quanto in tal proposito non sia luogo a più o meno), più il tema pare bello e adatto.
Toccano quindi per lo più questi temi chiari ai bimbetti delle pri-me classi del ginnasio, i quali se la cavano ripetendo prima l'enuncia-to, poi negando il suo contrario, quindi interrogando in forma posi-tiva e forma negativa per ribadire che l'enunciato è vero e il suo con-trario è falso; dopo di che vien la volta dello esempio: Viveva nei contorni della Toscana una famiglia composta di padre e madre e un figliuolo chiamato Luigi... Nè solo l'esercizio di comporre è troppo, per non dir di troppo, in questa

forma. Dall'orario dell'italiano si può sottrarre tutto il tempo che si dà alla lettura in iscuola dei libri o su-premamente dilettevoli o supremamente noiosi. I primi lasciateli go-dere al giovinetto liberamente, in casa, nelle ore in cui la sua mente apre le ali; gli altri rimandateli ai topi di biblioteca, che se li rodano.

Del resto io dico di semplificare e non di restringere. Io non in-tendo una ragione che per molti è la massima e forse l'unica. Voglio-no questi meno ore, meno materie, punte lingue difficili, punte materie astruse, perchè la salute dei giovani ci patisce. Quanto a questo, bisogna, cari babbi e care mamme, rassegnarsi. Sapete dell'Aedo, cui la Musa, amò sopra tutti? «Degli occhi bensì lo privò, ma gli cava l'arguto canto». Così è, presso a poco, per tutti quelli cui la Musa, la dea d'ogni scienza e di ogni arte, ama, per poco che ami. Non li ac-cecherà a dirittura, ma li renderà, presto o tardi, più o meno, miopi. Ben altro fa la Terra, che pure è madre, di quelli che zappano la sua corteccia o frugano le sue viscere! Ed ella dà il dolore senza adegua-to compenso, nè ideale nè materiale. E i vostri figli, il compenso, l'hanno, e qualche volta insigne, e spesso superiore ai loro meriti: e non si dà quasi più il caso, per lo studio, di divenire gobbi, come si dà, e senza che ne facciate troppi lamenti, per la bicicletta.

UNA SAGRA

In mezzo a una settimana di lotta e di passione cominciano, o giovani dell'Ateneo Messinese, le vostre feste. Tra il fragore della battaglia, che si combatte per tutta l'Italia, nessuno forse bada al vostro inno sommesso, che s'innalza in disparte. Forse v'è a chi spiace questo remoto scampanìo che festeggia una sagra mentre intorno imperversa la mischia. È una chiesa, per così dire, che non sembra accorgersi d'essere in un grande campo di battaglia, e manda, tra le grida e i gemiti e gli scoppi e gli squilli, il suono della sua modesta e segreta esultanza. O forse ad alcuno tocca il cuore, quel suono, e ri-conduce il suo spirito convulso e irritato alle placide memorie della prima giovinezza. Oh! Anni senz'odio! oh! ingenui fremiti di guerra contro nemici che, non si vedevano e non si credevano e non si vo-levano! oh! sogni di vittorie, in cui fosse il vincitore, sì, cinto di fiori e di luce, e il vinto non fosse! Chè questa del giovane è la divina, o diciamo, umana contradizione: dominare, ma che nessuno sia servo; godere, ma che nessuno pianga per la sua gioia! A qualcuno dunque può giungere con un senso di dispetto la vostra appartata esultanza; a qualcuno forse, con una punta di rammarico. A me fa l'effetto... perdonate l'umile paragone... del lume che brilla, in una sera di tem-porale, all'impannata d'una casipola di pescatori. Scrosciano i tuoni, mugge il vento, infuria il mare: in quel tugurio brilla quel lume. Per il temporale non si pesca. E i pescatori racconciano là dentro, conver-sando tranquillamente tra le convulsioni del cielo e del mare, le reti per la pesca del domani.
Che del domani, o giovani, io voglio parlarvi. Della nostra Uni-versità nobili ingegni hanno scritta la storia e la cronaca. Voi la sape-te, questa cronaca e storia, che non è senza glorie, ma conta certo più traversie che glorie. Una bolla papale fondava lo studio nel 16 No-vembre 1548, un bando nel 29 aprile del 1550 (tre secoli e mezzo fa) ne annunziava l'apertura.
Così fu accesa la fiaccola che languì sulle prime, combattuta da venti contrarî, e poi divampò risoluta nel secolo decimosettimo, e parve spenta nell'ultimo quarto di quel secolo, e a metà del secolo seguente diede qualche guizzo, mostrando di non essere ancora spenta del tutto, e ricominciava nel 1829 una nuova vita, e il 19 Marzo 1885 brillava come non mai, preparandosi a gettar la luce nel remoto avvenire. Tra ottantacinque anni, o giovani, pensate (io non voglio essere profeta malauguroso), qualcuno tra voi berrà ancora il dolce lume: lo berrà in un calice tremulo, ne verserà molto, ma qual-che stilla pur ne berrà. Questo, forse unico, avanzato alla commemo-razione nostra secolare, questo vecchione, questo patriarca, il quale ora da non so qual angolo sgrana su me i suoi occhioni di fanciullo destato all'improvviso, ebbene, assisterà, questo decrepito, tremolan-te nel capo e nel viso di piume candidissime, a quello che allora si chiamerà, il primo centenario della vera fondazione dell'Ateneo.
L'Ateneo, o giovani, è ancor più giovane di voi! Quel patriarca udrà in quella lontana celebrazione, udrà, appena con l'orecchio il-languidito, pronunziare qualcuno de' nostri nomi; e, oda o non oda, sembrerà con lo scrollìo continuo del capo antichissimo assentire a tutti quei nomi, con un cenno benevolo di ricordo e riconoscimento e forse lode o forse pietà. E il cenno così benevolo lo farà certo per il nome del vindice, per il nome di Giuseppe Oliva (allora non si dirà più commendatore), di Giuseppe Oliva che propugnò e ottenne quel mirabile concorso del Comune, della Provincia e della Camera di Commercio, per il quale il nostro Ateneo nacque piuttosto che rinac-que. Che l'Ateneo sorse, o risorse (non dimentichiamo!), da un impe-to d'amore e d'orgoglio e di fede cittadina. E noi, lettori e studenti, non dobbiamo dimenticarlo mai; e giustificare quell'impeto e asse-condare quell'orgoglio e rispondere a quella fede, sì che, in quel pri-mo centenario della risurrezione, quel bianchissimo vecchio, che ora freme tra voi del brivido della vita nuova, senta passare sul capo, già sacro alla morte, il soffio delle cose immortali.
Pensiamo all'avvenire. Il nocciolo d'olivo è deposto nella terra. Pensiamo al molle liquore di pace che si spremerà dall'albero, quan-do anche esso non debba che governare la nostra lampada sepolcra-le. Secondo l'ingiuria che spesso mi si fa, di chiamare «poeta» me lettore, che torna a dir buon musico

un condottiero d'esercito; se-condo questa ingiuria, che io tollero in pace, perchè ve n'è ci peggio-ri; per esempio, quella di chiamarlo carnefice, un condottiero, e pe-dante, un lettore; secondo quella placida ingiuria, io sarei dunque, o giovani, molto idoneo a quest'uffizio di indovino. In verità il poeta è o dev'essere l'uomo che non vive se non nel futuro, il cui mietere è il seminare stesso, e che gode il rezzo degli alberi che pianta e che non adombreranno se non la sua tomba. Oltre tomba è la sua vita e la sua ricchezza e la sua gioia, se il poeta è poeta, e non modista, non cer-catore di plausi e lusingatore di passioni; s'egli è la voce nuova che cerca i cuori dove echeggiare; i quali non sempre o non mai trova nel suo tempo; se non è l'eco, moltiplicata e compiacente e artifiziosa delle grida che già sono nelle bocche, e che sono le solite, e non so-no sempre le buone e le vere. Io sarei dunque, se fossi un vero poeta, idoneo all'uffizio di esploratore e narratore dell'avvenire. Proviamo-ci, a ogni modo.

Ecco: prima di tutto, e qui la poesia non c'entra, il presente mi spaura. In questi giorni due Stati europei in Africa danno gli ultimi tratti, e sono per spirare dopo una lunga guerra. Chi li uccide? Chi usa sino all'ultime conseguenze il diritto del vincitore? Il popolo sino ad ora vindice di tutte le libertà, assertore di tutti i diritti. Pure, si dirà, al vinto rimarrà la sua autonomia amministrativa, rimarranno le sue tradizioni nazionali, rimarrà quel vero fuoco di Vesta, che è la lingua. Il popolo inglese, si dirà, non conquista all'usanza d'un altro, non dirò popolo, ma impero, che ai popoli che, non dirò vince, ma soggioga e opprime e calpesta, confisca e la lingua e la religione e il nome. Giova sperarlo. Ma un fatto che sembra piccolo e che s'avvera vicino a noi e a spese nostre, limita la mia e la vostra speranza. Ecco-lo. Nell'isola di Malta tra quindici anni (e magari si promette di pro-rogare questa data) la lingua ufficiale sarà quella del popolo (ma è bell'ora di dire impero anche qui), quella dell'impero che occupa l'i-sola.

M'ingannerò; ma s'è aperta nel mondo una lotta, oltre le tante al-tre che già ci sono, una lotta presso cui le già antiche degli imperi orientali, e poi di Roma latina e poi di Roma, per così dire, germani-ca, sono un nulla. Si stanno edificando delle Babilonie e delle Car-tagini e delle Rome, mostruose, enormi, infinite. Esse conquisteran-no, assoggetteranno, cancelleranno, annulleranno, intorno a sè, tutto, e poi si getteranno le une contro le altre con la gravitazione di me-teore fuorviate. Che sarà di noi? Perchè ciò a me sembra fatale e ne-cessario; come, in un altro ordine di cose, altro fato e altra necessità mi apparisce. Questa. Le ricchezze gravitano a trovarsi insieme nel medesimo tesoro. Il campicello è assorbito dal campo, il campo dalla tenuta, la tenuta dal latifondo, e via via. Intere nazioni, sto per dire, sono espropriate della loro proprietà fondiaria. Ahimè chi possiede i campi della terra Saturnia madre di biade e madre d'eroi? Li possie-de il creditore ipotecario, E questo chi è? È generalmente anonimo, ed è un creditore collettivo. Ma a poco a poco, questa collettività si riduce e semplifica; i più forti ingoiano i più deboli: verrà tempo, in cui si potrà dinotare per nome l'unico possessore di tutto il mondo: un tiranno al cui servizio è un genere umano di schiavi.

Verrà tempo... Verrà davvero? Oh! non è possibile! Eppure sem-bra fatale e necessario, come la progressione geometrica. Ma sarebbe inconcepibile! E sì. E perciò il genere umano, quello almeno che in-travede se non prevede, rilutta disperatamente, come chi precipita per un pendìo ancor dolce verso un abisso infinito, e si aggrappa a ogni cespuglio che incontra.

Il genere umano precipita verso l'abisso della monarchia unica e del possessore unico. Si presenta ai nostri occhi l'orribile visione del-la galera terraquea in cui tutti gli uomini lavoreranno meccanicamen-te, parlando, o a dir meglio tacendo, in una sola lingua, ubbidendo al cenno invisibile del solo despota che impera nella unica Babilonia. Ma il genere umano rilutta, in ogni modo, con ogni suo sforzo. Lo sforzo più grande è di coloro che dicono: Se le ricchezze tendono ad accentrarsi, lasciamole accentrare e mettiamole a disposizione di tut-ti. A parer mio, il loro programma è ben semplice. Il mondo (o dire-mo, il capitale) tende, pende, scende a essere d'uno? Sia di niuno, cioè di tutti. Bene. Ma è possibile scindere questo problema dall'al-tro? L'un problema è evitare che le ricchezze si accentrino in pochi sin che vadano a finire in un solo Moloch. L'altro è evitare che i sin-goli popoli siano assorbiti

dai più forti sia che vadano a finire in un solo impero. E lascio qui di trattenermi in questo campo estraneo ai miei studii, se non alle mie angoscie, per dire e dire alto, che logica-mente quelli che repugnano a che la ricchezza sia di pochi, devono repugnare a che i popoli più piccoli e più deboli siano preda dei più grandi e dei più forti; e perciò, come nella lotta economica, sosten-gono gli operai contro i padroni, e i meno ricchi de' padroni contro i più ricchi, così nella lotta politica devono sostenere le nazioni contro gl'imperi, e le idealità e tradizioni singole e particolari contro le as-sorbenti ambizioni che già si mostrano come le prime nuvole di un uragano, che livella, perchè distrugge. In due parole semplici, e fa-cilmente intelligibili a tutti, io, per non concludere con un enigma, dico che io auguro come uomo all'umanità, e come italiano e come tale che, secondo il suo dovere d'insegnante, ha compito la catarsi d'ogni passione politica, all'Italia, l'avvento del «socialismo patriotti-co»; d'una religione, dico io (vecchia o nuova? In queste cose l'uma-nità fa da sè!), d'una religione che si annunzi più e meglio con una lunga serie di fatti, di sacrifizi e di martirii intimi, che con una fila, più o meno lunga, d'articoli di fede o di scienza, d'una religione che abbia la sua ara massima per tutta l'umanità, e le are minori per tutti i popoli, e le are anche più piccole e forse più dilette, per ogni casa: are in cui non arda che un fuoco: fuoco inconsumabile acceso da un amor solo.
In quest'attesa e speranza, qual destino sarà delle Università nell'avvenire? della nostra in ispecie?
È fuor di dubbio ch'elle saranno autonome, o non saranno. L'U-niversità che emana dallo Stato, e dallo Stato è retta e diretta, è un mecanismo dispendioso per fare avvocati e medici e professori uni-formi, come spilli e aghi, non è il grande e libero laboratorio del pen-siero. La autonomia non consisterà nella sola facoltà di amministrare da sè le sue scarse rendite; ma si estenderà a ciò che tocca più da vi-cino l'essenza stessa dell'Università: alla nomina, per esempio, de-gl'insegnanti. Sarà la città e la regione, saranno gli studenti stessi, che nell'interesse loro faranno la scelta migliore. E la faranno, perchè di qui innanzi «non si farà di nòccioli»; non basterà, voglio dire, agli studenti avere strappata una laurea a professori indulgenti e compia-centi: occorrerà che da maestri seri e severi derivino un'arte che val-ga alla vita e al decoro e all'onore. Non saranno giudici dei meriti d'uno scienziato quelli che professano la stessa scienza.
Vi sembra forse assurda questa previsione? vi sembra strano il di-re che ciò sarà bene? Rispondo interrogando: Vi sembra così giusto e così naturale che il vasaio giudichi del vasaio e il fabbro del fabbro e il poeta del poeta? Sin dai tempi remotissimi si riconobbe questo fat-to di debolezza umana:

Figulo a figulo è nero, col fabbro ha ruggine il fabbro,
l'ha col pitocco il pitocco, ce l'ha con l'aedo l'aedo.

Sono debolezze umane, ripeto; e tutti, se vogliono un consiglio sul medico da chiamare, per un esempio, sentono che è meglio che consultino un malato che sia tornato a salute, di quello che un altro medico. Noi siamo abbastanza equanimi quando si tratta di portare avanti e magari di glorificare quelli che sappiamo o crediamo nostri inferiori; ma quando si tratta di pari? quando si tratta di superiori? Eh! via: allora non ci sentiamo provvisti di tanta virtù, e ci sentiamo propensi con tutto il cuore, tanto da essere ingannati sulla vera natu-ra del nostro sentimento, ci sentiamo propensi per il discreto ingegno e per la attività discreta. Ma si dirà: Codesto caso, di giudici che debbono giudicare ingegni superiori ad essi, è raro... Oh! io vi dico che, sia o non sia raro, raro non deve essere. Sempre, in materia di scienza, deve darsi questo caso! Noi vediamo che il mondo progre-disce. E il mondo non sarebbe progredito, se a mano a mano gli sco-lari non fossero stati migliori dei maestri. E non progredirà più, se questa vicenda non continuerà. Così è. Noi insegnanti, noi scienziati e noi scrittori, nello stato presente delle cose, dobbiamo al progresso dell'umanità due contributi: la nostra attività e studio e ingegno: uno; la virtù di ravvisare e segnalare i migliori di noi, ai quali conse-gnare la fiaccola accesa: e due. Non è troppo pretendere? Basti l'at-tività e studio e ingegno; quanto a quella virtù, risparmiateci. I mi-gliori di noi, ravvisateli e sceglieteli da voi. Chè in fin dei conti, a voi sarà più facile che a noi anche il ravvisarli. Noi abbiamo per lo più la catalessi dello scienziato o dell'artista: malattia originata dal guardare, fisso e sempre, un punto solo... E poi, da codesto sistema di concorsi, possono venire altri guai. Già di per sè la contenzione, la lotta, la guerra, che in tal modo si suscita ed eccita, è un guaio tanto maggiore in quanto ella è, così, proclamata necessaria in fatto e dirit-to. E no: nessuna guerra, nemmeno questa così piccina, è necessaria, se non perchè necessaria la gridiamo noi. Dacchè il genere umano s'è accorto d'essere trascinato da questa forza, che è la lotta per l'esi-stenza, essa lotta ha cessato d'essere ineluttabile. Può, sì, uno che è portato via da una forte corrente, esserne perduto, anche dopo che se n'è accorto, d'esserne portato e perduto; ma ella non è veramente fatale se non per chi non se n'accorge nè prima nè dopo nè mai. A ogni modo, o voi dalla riva, siete o crudeli o stolti quando gridate ai notatori: Non giova volere e contrastare: lasciatevi andare! Il fatto è che il genere umano fa da secoli e secoli (da assai prima che quella legge fosse bandita e chiarita) sforzi sovraumani contro questo fato ch'esso pretende sia bestiale e non umano. Col promuovere e inco-raggiare siffatte perpetue risse tra gli uomini di studio e di pace, lo stato gode a provarsi di far arretrare verso la bestialità quelli che so-no più risolutamente avviati verso l'umanità!

Ma via: si attenui col nome d'emulazione codesta gara; si affermi ch'essa è per una ghirlanda di gattice, così poca cosa e grande onore: io temo che il sistema dei concorsi porti ad annullare nel mondo del-la scienza quella virtù che è sommamente necessaria, se non alla sal-vazione eterna degli scienziati, alla vita e alla prosperità della scien-za: la virtù della modestia. Sto per dire che in un concorso a tali alti uffizi, bisognerebbe nominare chi non ha concorso; chi s'è tratto in disparte invece di mettersi avanti e dire: Io mi sobbarco; chi si lascia pregare e ripregare per mostrare ai giudici il poco o punto che ha fat-to e che fa meravigliare altrui e arrossir lui. Ma vi pare? Un lettore d'università a qualunque facoltà appartenga, deve essere già filoso-fo: deve, cioè, già coordinare i suoi particolari particolarissimi studi a un tutto organico. Chi esamina con la lente la graffiatura d'un co-dice o scruta al microscopio l'intestino d'una zanzara, deve già sape-re in qual celletta della grande arnia esso, come ape, ha da deporre il suo granellino di polline. Anzi no: l'ape sa che a questa o quella cel-letta il suo granellino è buono. Non è simile all'ape lo scienziato, e nemmeno allo scalpellino, che picchia, sì, in disparte dagli altri su una pietra che deve essere parte del comune edifizio, ma ha da altri la misura e la forma. Lo scienziato è come un lavoratore alla grande torre, che Nembrod lasciò a mezzo, e che ora l'umanità continua a edificare verso, non contro, il cielo: egli non può intendersela, sape-te, con gli altri lavoratori: perchè il suo lavoro sia utile, bisogna che, prima di cominciare, vada a veder da sè l'opera tutta di tanti secoli e di tante mani e ingegni. La torre di Babele?! direte voi. Sì; torre di Babele o di confusione, se ci contentiamo di parole e se ci affidiamo ai discorsi, invece di andare a riconoscere de visu il pensiero, il qua-le, non si vede se non dall'opera stessa, al punto in cui ora ella è

Ora si rischia, coi nostri concorsi, di far perdere ai giovani la co-noscenza di tanta difficoltà e importanza d'uffizio, e la coscienza della loro inferiorità al sublime compito. Si daranno essi a produrre, prima d'aver cominciato o, almeno, prima d'aver finito di studiare. Non faranno più studi, ma saggi, non più libri, ma titoli, non più opere, ma contributi: soltanto saggi, titoli, contributi. O api operaie, senz'arnia! O scarpellini rumorosi, senza fabbrica! E guai, se sia per venir tempo in cui sembri più idoneo a insegnare e propagare una scienza, chi vuol prevenirla e preoccuparla, che chi intende farsene prima servo e poi padrone! Guai, se noi lasceremo che i giovani s'in-namorino prima della cattedra che dell'arte! Guai! Guai! Per ora, non c'è che dire, tutto è andato bene; ma non bisogna, credo, conservare un istituto che può finir male. A ogni modo il sistema non sarà ab-bandonato per gl'inconvenienti che abbia presentati esso (non se ne può, credo raccontare alcuno), quanto per i vantaggi che dà a sperare l'altro: il sistema d'origine. Qui, come in tante altre cose, sembra fa-tale il ritorno alle sorgenti.

Si tornerà dunque al sistema di origine. Quale e quanto ne sarà il benefizio! Accennerò il principale. Gl'insegnanti non voleranno, come ora è necessità per loro, a gui-sa di spole, su e giù per l'Italia, ma si fermeranno nel luogo dove tan-to onore fu lor fatto e ivi formeranno la loro scuola e stabiliranno una tradizione. Di più si creerà un magnifico collegio di dottori, stretti alla studentesca e alla regione e alla città; che si identifiche-ranno, per così dire, con la natura e con l'anima di quelle. Essi descriveranno la forma e la flora del paese, misureranno e narreranno il loro mare e il loro suolo, studieranno il corpo e la psiche del loro po-polo, racconteranno di questo glorie e proclameranno le necessità. L'Ateneo sarà la grande officina delle idee, sarà il grande laboratorio delle esperienze, sarà il campo e la peschiera modello, la scuola mo-dello, l'ospedale modello, il... sì, voglio dirlo: il parlamento modello. Lì saranno discussi i problemi, di lì saranno illuminate le coscienze, di lì verranno, al popolo incerto, al popolo che vagola nel buio, le designazioni politiche, non, come troppo spesso succede, da un'anti-camera o da una cassaforte. Arderà lì, o giovani cari, il fuoco immor-tale che dia luce e calore, non incendio; di lì sgorgherà la corrente calda di amore e di pietà, che feconda al bene tutti i cuori più gelidi e nebbiosi, di lì usciranno i canti soavi o eroici, le persuasive istorie, i libri austeri e gai che ammaestrano e consolano, e migliorano.

Non ne usciranno, credete, soltanto avvocati o professori. Che nemmeno v'entreranno soltanto quelli che aspirano a essere professo-ri o avvocati. V'entreranno gli agricoltori per avere il consiglio del miglior concime e del miglior aratro, vi entreranno gli operai a perfe-zionare la macchina che li aiuta nel loro lavoro, vi entreranno tutti quelli che hanno un dubbio, un cruccio, un odio, per trovare la salute nella grande clinica, che non ha solo medici per il corpo, ma veggen-ti per l'anima. Tutto il popolo vi entrerà... O a dir meglio, sarà essa che si estenderà a tutto il popolo. Deriveranno da essa tutte le scuo-le, tutti gli ospedali, tutte le officine, tutte le industrie e coltivazioni del paese, ed essa, nel mezzo alla pacifica attività che prese le mosse da un suo impulso, starà sempre aperta e sempre in azione, miglio-rando e perfezionando sè stessa e i figli suoi.

Questo sarà il frutto della libertà. Ma mi direte, o giovani: Non fu già profetato che le Università minori spariranno, quando saranno lasciate sole alla lotta con le maggiori? Non è delle minori la nostra? minore per età, minore per potenza di danaro? Io vi rispondo con profonda convinzione che la nostra Università non è delle minori. Prima di tutto, che vuol dire minore in fatto d'università? Quando in Messina insegnava il Maurolyco o il Malpighi, di quale università era minore la nostra? Ma sia: meno di danaro porti con sè meno di scienza. Bene: ri-cordiamoci. Questa Università fu dai maggiori vostri domandata, voluta, litigata, ridomandata, rivoluta, rivendicata, pagata e ripagata, protetta anche con la forza, quasi a furia di popolo, ostinatamente, violentemente: ciò quando poteva parer ragionevole e paterno consi-glio quello che già nel 1752 Carlo di Borbone dava a Messina: «che rivolgesse il pensiero alle industrie e ai commerci»; ciò quando nella desolante uniformità di principii e di metodi e di fini poteva parere superfluo un Ateneo oltre quindici o sedici altri; poteva anzi parere dannoso, nella esuberante fabbricazione di spostati, che si faceva e fa nella patria nostra. Ebbene quando l'Università sarà trasmutata in un cuore, che governi la circolazione della vita, e dia lumi ai com-merci e forze alle industrie, per non dir altro; allora quelli che l'hanno pagata e ripagata senza averne un vantaggio si ritrarranno quando il vantaggio lo possono avere? E poi è troppo ben collocata questa Università, perchè si pensi mai a farla sparire. Questo è il luogo dove si stringono due mani invisibili. È lo stretto e, mi si perdoni il bistic-cio, la stretta. Qui la penisola si tende verso l'isola col suo selvoso Aspromonte; qui la Sicilia si protende verso l'Italia col suo candido Faro. La Calabria e la regione Mamertina sono le due mani, che l'Ita-lia e la Sicilia si stringono: sono, se volete meglio, le due labbra con le quali si danno un bacio d'amore indissolubile.

Qui è il ponte, o giovani: e le teste di ponte, per dirla militarmen-te, si fortificano. Ebbene l'Università è questa fortezza! E non cadrà mai, se prima potrà per l'autonomia che è inevitabile, e poi se vorrà, e vorrà certamente questa figlia della volontà ostinata de' vostri mag-giori, e poi se vorrà trasformarsi ed estendersi.

O giovani, io sto per dirvi cosa che vi prego di accogliere e medi-tare nell'anima. È una specie di rimprovero che io dirigo, non a voi, o nuovi della vita, ma a noi, a noi, quasi vecchi o già vecchi.

Ecco. L'Università si deve estendere nell'avvenire, ho detto. Ora dico: Perchè non si è estesa per il passato? E aveva un grande com-pito da adempiere e non l'ha adempiuto. Essa (io parlo delle univer-sità in genere, in genere anzi di tutti gli studi che fanno capo, tutti, all'università), essa, l'Università italiana, ha mancato al suo dovere; ha lasciato commettere un delitto atroce. Voi sapete che l'Italia si è estesa, se non si è estesa l'Università italiana. Migliaia e migliaia di lavoratori ogni anno lasciano la patria. Vanno ad aprire strade, a fo-rar monti, a tagliar istmi per altri popoli, coltivano anche a coloro i campi e badano gli armenti, come gli antichi ergastoli. Altri fanno men nobili arti, non pochi tendono la mano.

In nessun luogo neanche dove sono in gran numero e da gran tempo, sono trattati, oh! no davvero, come meriterebbero i discen-denti del più gran popolo dei tempi antichi e i cittadini d'una grande nazione e gli artefici, spesso, della ricchezza di quelle nazioni nuove. C'è oltre alla nostra Italia, o giovani, un'Italia errante, che è da per tutto e non è in nessun luogo, una Italia faticante, un'Italia veramen-te schiava, che spesso riceve oltraggi per giunta al salario, per la qua-le spesso tace anche la pietà. O Italia divisa ed errante e faticante e schiava e oltraggiata e tiranneggiata e derisa e vilipesa, tu sei il no-stro rimorso, perchè potevi essere il nostro onore e la nostra ricchez-za; e se, invece, il dolore e persino qualche volta, la vergogna! Sei il nostro rimorso. E intendo non dell'Italia stato, non della borghesia italiana, ma della Università italiana, prendendo questa parola come complesso di tutto ciò che s'insegna e s'apprende, d'arte e di dottri-na: l'Italia pensante ha tradito la sua sorella povera: l'Italia lavorante.

L'ha reietta, l'ha lasciata partir sola, l'ha dimenticata colà, dove la fame la balestrò; l'ha dimenticata colà, dove ella si trovò priva di chi la consigliasse, ammaestrasse, guidasse, difendesse, ornasse! Non dovevamo lasciarli partir soli, i nostri poveri emigranti! E non dob-biamo lasciarli più partir soli, e dimenticarli soli. Ecco la estensione universitaria che l'Italia doveva e deve sperimentare! Giovani inge-gneri che qui non avete che costruire, e medici che siete troppi per i malati che nel paese della malaria e della miseria sono pur tanti, e voi eloquenti e generosi intenditori e critici delle leggi e dello stato e della società, e voi maestri di scienze e voi maestri di lettere ed arti, là oltre i monti e oltre i mari, sono i vostri fratelli che non hanno di-fesa e non hanno assistenza e non hanno direzione e non hanno spesso più idealità e non hanno qualche volta più rispettabilità, e non ottengono giustizia, e sono privi della parola della patria lontana! Possibile che alle terre vergini la grande colonizzatrice, che fu l'Ita-lia, non abbia saputo dare che i picconi? Io dico queste cose con la coscienza torba. Queste cose non si predicano a parole, ma a fatti. Per queste cose non si dice: Andate, ma: Venite. Io non ho quindi il diritto, di dirlo. Eppure... Eppure quelli infelici che qui erano, se vo-lete, servi, ma là, oltre i monti e oltre i mari, sono iloti, cioè servi di stranieri, mi sembra che mi accennino e mi chiamino. Anche me. Sì, io, cui s'imputa piuttosto che si riconosca la più inutile delle arti, io che sono considerato qua un disutile, là avrei avuta la mia missione e il mio fine: narrare quei dolori e quegli strazi e quelle ingiurie: som-muovere qua i cuori che obliano, e là consolare quelli che non obliano; e per la mia parte, che può essere la parte d'ognun di voi, o gio-vani buoni e forti, piantare i termini, là, delle nuove terre saturnie e fondare le nuove città pelasgiche.

La nostra Università collocata sul mare e fra terre che danno tan-te vite all'emigrazione, a me par destinata più d'ogni altra a compie-re, col mezzo de' suoi alunni, la riconquista dell'Italia nomade. E ciò ha già cominciato. Un medico che di qui parta e vada là ad esercita-re la sua arte, è più benemerito del nome italico, che qualunque uo-mo di stato, sia pure il più energico e il più previdente. Una nave che tra gli emigranti lavoratori, abbia qualche giovane laureato, dalla fronte pensosa e dagli occhi pietosi, porta a bordo la fortuna d'Italia. Quella nave s'incammina a ben più umana e più durevole conquista, che le caravelle di Cortez e di Pizzarro! Oh! l'ardente e luminosa Si-cilia deve restituire all'Italia i Mille che l'hanno aiutata a redimersi! Salpino, quando che sia; e non importa se tutti insieme, e senz'altre armi che di luce intellettuale, salpino i mille di Sicilia, e vadano a soccorrere, a unire, a redimere l'Italia transoceanica! Chi sa: forse un destino fulgido pende sul nostro Ateneo: egli è forse il lido di Quar-to della pacifica spedizione. E chi sa: col tempo egli avrà fondato di là dell'Oceano un istituto filiale e fraterno; e l'uno e l'altro sarà lam-bito dalla medesima corrente ideale che fa germinare i medesimi prodotti in latitudini diverse. E tra l'uno e l'altro una corrente di gio-vani generosi andrà e verrà, che qua porti lo spirito del rinnovamento e là rechi lo spirito della tradizione. Donde s'inalzerà la ideale città del buon vivere su fondamenta solide, perchè ella non crolli al vento come un edifizio fantastico, e in alto in alto s'aderga, dove è l'aria pura d'ogni miasma e d'ogni perverso fermento.

Queste gioconde speranze mi ragionano nell'anima in questo giorno, che ride pacifico in una settimana di lotta e di passione. So-no queste speranze fondate su due facili previsioni: sulla previsione che le università saranno col tempo, come tante altre cose, lasciate a sè stesse, con tutto ciò che è ragionevole che conservino e che acqui-stino; sulla previsione, che sempre più salda si farà l'unione delle par-ti d'Italia. L'una previsione è conseguenza dell'altra. Non c'è bisogno di legare insieme i fratelli, perchè si scaldino al medesimo focolare e si assidano alla medesima mensa. Soltanto, brilli nel focolare il fuo-co, e fumi sulla mensa la vivanda! L'unione d'Italia viene da necessi-tà d'amore, non da fato di forza! E qui specialmente si può bandire questa verità, in questa città che si è slanciata più volte verso l'Italia, che ancora non esisteva politicamente, con eroica impazienza; in questa isola, che diede, dalla nobile Palermo, il segno dell'aurora ita-liana, con le sue campane; in faccia a quel lido Calabro che portò primo quel sacro nome, e se ne ricordò sempre e sempre se ne mostrò degno.

E voi giovani calabro-siculi avete pensato a questa verità, quan-do, in tanta copia di persone più degne di me, tra tanta gloria di miei illustri colleghi e vostri concittadini e maestri, avete scelto, a inaugu-rare le vostre feste, me, benchè, anzi perchè non siciliano o calabre-se. E avete forse pensato che chi è stato adottato in una famiglia, e, senz'obbligo alcuno da parte di lei, ospitato e amato, non è general-mente quello che ricambia con minor affetto l'affetto della sua ma-dre d'elezione.

Cominciate, dunque, le vostre feste. Cominciate con un pensiero di gratitudine per gli enti locali che conservarono questa sede di studi, predestinata, se il cuore non mi inganna, a più alto avvenire; per coloro che insisterono e insistono al fine che questa sede abbia ciò che le spetta e ciò che le conviene, per i suoi diritti acquisiti e per i suoi destini futuri.

Cominciate le vostre feste, rivolgendo un pensiero di fratellanza ai vostri compagni e ai nostri colleghi delle due altre università sici-liane, che sono in ispirito con voi; ai vostri compagni e ai nostri col-leghi di tutte le università italiane, che lavorano al medesimo vostro ideale e vedono le vostre medesime visioni, di libertà e di giustizia, di conservazione e difesa patriottica ed umana pace e concordia.

E siate felici, e ciò che è migliore augurio, fate felici.

L'EROE ITALICO

C'era molta gente, e, dietro essa e sotto molte bandiere, una fila d'uomini vestiti di rosso. I bruni ragazzi d'oltre e citra Faro li con-templavano. A un tratto squillarono le trombe, pronunziando l'allarmi; e continuarono col canto della, risurrezione italica. Era il 2 Giu-gno...

È assai quest'inno a commemorare Garibaldi. Non è vero, Cami-cie rosse? L'inno risuona: si scopron le tombe, e Garibaldi risorge.

I.

Egli s'è addormito nella sua isola. Due bambine sue gli fanno compagnia. Il mare instancabile si muove azzurreggiando intorno a quell'immobilità, e s'alza e s'abbassa, e s'alza ancora e sempre, come per vedere che è. Nulla! Nulla! E il mare non cessa mai di parlare in-torno a quel silenzio, sciusciuliando (come dite voi) sulla sabbia e gemendo tra le scogliere. E forse lo vuol destare, il suo mare, e gli dice con ripetìo eterno:

«Vieni, vieni su me! andiamo a combattere sull'Atlantico, andia-mo a sognare sul Pacifico! Vieni ad arrampicarti sulla snella alberatu-ra della Costanza, che era così bella! La tua giovinezza l'abbelliva. Tu non sapevi allora che c'era una patria da redimere; ma il nome del brigantino era già l'augurio della tua vita. Vieni sulla Speranza! La Speranza, che ti ricondusse in Italia, si culla ancora nei mari d'Italia: vieni a issarvi la tua bandiera, vieni a cantarvi il tuo canto! Torniamo al Fiume di Argento. C'è tanta Italia che lavora sulle rive del gran fiume! Si amano, colà, tra loro. Italiani e Argentini, e lavorano (con-cordi, parlando le due lingue, che tu, amigo, conosci bene, tutte e due. Navighiamo alle porte del Tevere; andiamo a vedere coloni più vicini, i coloni di Ravenna, che mietono. Ti farà piacere vederli: sono tuoi soldati che hanno la vanga invece del fucile. La tua vista farà loro dimenticare la febbre. Tanto più che non vedono ormai un altro, il tuo amico Re, che andava a stringere le loro mani incallite... An-diamo anche più presso: andiamo a Spezia: non ti fermerai al Vari-gnano. Vieni, col tuo gran cuore marino i cui palpiti sono alisei e monsoni, ad esultare avanti la Regina Margherita... Una nave d'Ita-lia, non la donna d'Italia: avanti questa, povera donna, ormai si piange... Ma esulterai avanti la più grande e bella nave del mondo, che porterà «la nostra bandiera alle feconde lotte della pace e del la-voro», e sì, quando occorra, «anche ai pericoli delle battaglie, ove siano diritti da difendere e glorie da conquistare». Sono parole che ha mandate la donna alla nave, da lontano, ove ella sta tra una culla che ieri cominciò a tremare , e una immobile tomba... Andiamo! andiamo al Faro! Ti ricordi? Era tutto fiorito di camicie rosse, nell'anno sessanta. Eri entrato nella fiera Messina, la città fedele, che chi le si dà, non lo rende se non sepolto, se mai, sotto le sue rovine. Eri entrato nella testa di ponte dell'unità italiana. Ti ricordi? Il caval-lo di Bosco, tra le gambe di Medici, come faceva sonare l'unghie di ferro sul lastrico della via!... Andiamo al Faro. Ti ricordi? Dalla Torre guardavi e guardavi verso Aspromonte... Ah! è vero... Non ricordar-ti. O guardiamo, guardiamo pure, ma senza avvicinare con le lenti del rancore le cose lontane. Guarda così, e dimmi se vedi quel bosco e quella cascina e quel sangue. Oh! no: tutto si fonde in un solo lim-pido azzurro, come di cielo che abbia dimenticate le nuvole, come di mare che abbia perdonato alla tempesta».

Così sussurra il mare, e s'alza e s'abbassa, e torna ad alzarsi, mol-lemente ed eternamente, per vedere che è quel silenzio e quell'im-mobilità.

E a volte brontola e mormora e si ostina e grida e urla: «Destati: c'è da fare! Lontano lontano c'è una conca tra aride ambe, una valle tutta sangue! sangue nostro! Non sono de' tuoi; sono di quelli del Re; ma c'è tanto sangue, tanto rosso, che si crederebbero tue camicie rosse. E poi, chi sa? Pare che a un Castel Morrone che si chiama Amba-Alagè, sia risuscitato il tuo Pilade Bronzetti, per rimorire suoito. È il maggior Toselli: non è de' tuoi? E senti che frenetici scoppi! Non sono le batterie di Bezzecca? No: sono le batterie siciliane; ma è lo stesso. Vieni! Vieni! Vieni a dire la gran parola: s'ha a restare, colà in Africa, o venir via? avanzare o retrocedere? Parla e l'Italia di-rà «obbedisco», perchè un tuo consiglio di ritrarsi non può essere in-terpetato abbandono, e un tuo comando di avanzare non può essere considerato sacrifizio. Senza il tuo avviso, gl'italiani sono perplessi, e il nome italiano ne patisce, dovunque è il lavoro italiano, cioè in tut-to il mondo... Oh! che sogno fa il tuo gran mare! Garibaldi che con-duca in qualche terra del fuoco una dura colonia di lavoratori enotrii con la camicia rossa sotto la blusa! una primavera sacra che fiorisca oltre gli Oceani! un popolo nuovo di domatori di cavalli selvaggi, che si chiami garibaldino o italiano, che è lo stesso! Destati, c'è da fare, molto da fare, sempre da fare. La gioventù nostra è spersa, in-certa, inerte. Non potresti fare udire uno squillo di quella che tu di-cesti «la tromba del dovere»?

E poi l'eterno mare torna a parlare sommesso, come volesse, ben-sì, destare il vecchio eroe, ma lasciar dormire le piccole sue compa-gne. «C'è bisogno di te, c'è bisogno di ideale e di fede, sempre mai, più che mai».

E non tace mai, e nell'isola piena di sacro sonno erra l'odor salso di viaggio e d'avventura. Fiammeggiano i gerani rossi, ch'egli piantò, e ronzano le api de' suoi bugni, e s'ode qualche belato tremolante di capre che pendono dai dirupi. Tratto tratto qualche colpo di cannone dall'estuario o dalle navi da guerra bombisce ed echeggia a lungo. E poi torna a sonare, uguale e continuo, il gridìo delle cicale di sui len-tischi e di sui mirti e di sulle acacie che dovevano servire al rogo dell'eroe. E tra lo stridere delle cicale e lo sciusciuliare del mare, si levano, con l'accento di chi domandi alcunchè, le voci di sufolo del-le capinere ch'erano presso la sua finestra, quando morì.

Morì? Due squilli, due gridi: si scopron le tombe, e Garibaldi è avanti noi.

II.

È un giovane marinaio biondo, in una locanda di Taganrok, nel Mar Nero, che si stringe al cuore chi prima gli ha parlato di Giovine Italia. È un vecchio moribondo, tutto bianco, che viene, prima di morire, a sentir sonare i Vespri a Palermo. È un gaucho che par nato a cavallo, e cavalca per foreste vergini con una donna a lato e un suo bambino in un fazzoletto a tracolla; e scalda al seno e con l'alito quel piccino ch'ha il nome d'un martire. È un capo di legioni, sporco di polvere e rosso di sangue, acceso in viso per la battaglia ad moenia, che sale il Campidoglio e si presenta così al Senato. È un mandriano delle Pampe, che dorme all'ombra del suo cavallo accosciato, il quale sembra vegliare su lui; ed egli, intanto, sogna l'Italia lontana. È un buon agricoltore che pota le viti nel suo sassoso possesso di Caprera. È il guerriero, il cui gran cuore ondeggia qua e là nel petto, prima di partire per la guerra; e va solitario lungo la spiaggia del mare instan-cabile, e sta lunghe ore immobile e taciturno. È il dittatore che muo-ve con un gesto tutte le anime d'un popolo, come il vento, con un soffio, tutte le foglie d'una foresta. È l'esule che fa candele a New-York, e non trova lavoro come marinaio o facchino nel porto. È il grande straniero, che Lincoln voleva a capo dell'esercito dell'Unione contro gli schiavisti. È il condottiere atteso in vano, a lungo, dai suoi dispersi nelle praterie dell'agro Romano; e un'alba del mesto ottobre, in mezzo alla nebbia, vestito d'una maglia di lana greggia, come un vecchio pastore, egli si mostra. Un urlo immenso e poi silenzio im-provviso. Si sente per l'aria il rombo d'ali degli avvoltoi romulei. Egli stende il braccio, e con la sua voce soave, soave come di donna, manda su quelle mille teste una sola parola: a Roma! Ed è, ahimè, il condottiere che ritorna, nella sera di Mentana:

Il dittatore, solo, a la lugubre
schiera d'avanti, ravvolto e tacito,

cavalcava: la terra e il cielo
squallidi, plumbei, freddi intorno.

Del suo cavallo la pesta udivasi
guazzar nel fango: dietro s'udivano
passi in cadenza, ed i sospiri
de' petti eroici ne la notte.

O aedo degno dell'eroe, Giosuè Carducci!
È l'eroe che marciando verso la battaglia, si ferma a sentire il can-to d'un usignuolo. È l'eroe che sa il cammino delle stelle, e muove le sue schiere notturne, con gli occhi al cielo. È l'eroe che scrive: Obbedisco; che rampogna: Dove andate? il nemico non è qui; che am-monisce: Che dite, Bixio? Qui si muore!; che «pallido, rauco, cupo, invecchiato di venti anni, ulula: Sedetevi e vincerete!»
A tutti egli è presente e caro per alcunchè di intimo e personale. Per tutti è colui che ci redense nel sangue e nella gloria; ma più fami-liar ricordo di lui è in ogni ordine e grado di cittadini: nel Re, che nacque a Napoli che l'eroe restituì a sè stessa e all'Italia; nei lavorato-ri, dei quali egli conobbe la vita, e soffrì la fame; nell'esercito, che l'ebbe generale a Varese; nell'armata, che l'avrebbe voluto ammira-glio a Lissa; nella nobiltà, che gli forniva le guide per le sue schiere; nei preti... anche nei preti, sì, che gli dettero il più alto de' suoi marti-ri, Ugo Bassi, e il più efficace de' suoi salvatori, Giovanni Verità: un frate e un prete: clero regolare e secolare. E fuori della patria, gl'ita-liani nel suo nome si stringono, e nella sua memoria si consolano, quando sono spregiati, perseguitati, linciati, essi che ebbero Garibal-di, Garibaldi che là avrebbe potuto prender posto vicino a Washing-ton e a Lincoln, ed essere Ulisse Grant, e non volle e non potè, per-chè doveva in Italia restar... Garibaldi, ed esservi, magari, ferito, im-prigionato, rinnegato! E nelle fazendas del Rio Grande, i nostri infe-lici Iloti, nel loro esule terribile lavoro di sradicar selve e dissodar terre altrui, ne' delirii della fame e della febbre, sentono, gli Iloti, ga-loppare nelle notti per le piccade, il divino Filibustiere.

III.

Egli è però la visione patria, che apparisce da per tutto sull'Alpi e presso i laghi, intorno a cui battagliò in tre guerre e vinse invano; su-gli Apennini che fendè con una fuga più mirabile d'ogni vittoria; sui mari che corse tutti dalla fanciullezza sino alla vecchiaia, e su cui di-resse il Piemonte e il Lombardo; nelle isole, tra cui riposava, sublime corsaro in agguato e in attesa dei movimenti de' popoli; tra i giunchi d'una palude dove spariva con la sua donna in braccio, inseguito a cannonate; nella cascina d'un monte, dove sedeva insanguinato e prigioniero; sulla vetta del Gianicolo donde trionfa. Ed apparisce a tutti, nelle officine e nelle campagne, nelle caserme e nelle scuole.
A tutti. Non meraviglia che venga anche a me, povero pensatore solitario. Ieri levai la mano da uno studio sull'Alighieri e mi posi a scrivere di Garibaldi. La penna correva come per sè stessa mossa. Non c'era alcun distacco tra scrivere del Generale e scrivere del Poe-ta. E non vi faccio ora uno di quei soliti paragoni nei quali l'industria della parola, qua limando là saldando, fa qualunque viso simile a qualunque altro. No. Dite voi. Qual è il nome che proclamereste in faccia a chi misconoscesse la vostra patria? Quale? O l'uno o l'altro di questi due: del poeta o dell'eroe. In vero dove non giunse l'eroe, abbiamo posto il poeta!
Se lo straniero magnificasse la civiltà della sua nazione in con-fronto a quella della vostra, e v'enumerasse i suoi inventori, scrittori, pensatori; voi rispondereste: Dante! E se lo straniero esaltasse le glo-rie delle sue conquiste e i fasti delle sue rivoluzioni e le fortune de' suoi imperi; voi

61

rispondereste: Garibaldi! Uno de' due nomi sceglie-reste, per esser brevi; chè tanti altri ne avreste; ma bastano essi a dir tutto.

Dante, lo scultore d'anime, comprende Michelangelo; Dante che alza le vele per acque non mai corse, somiglia a Colombo. Dante che tiene gli occhi ora fissi alle stelle ora chini al punto a cui si traggono i pesi, prepara Galileo.

E Garibaldi? Garibaldi non solo comprende, ma purifica in sè ed emenda tutte le vostre passate glorie politiche e militari. Egli è un Mario senza crudeltà, un Cesare che combatte per la libertà e non per l'imperio, un Carmagnola o uno Sforza che vuol conciliare, anche quando li uccide, i fratelli; un Ferruccio che non solo sa morire ma sa anche vincere; un Ariosto che vive il suo mirabile poema; un Ma-chiavello ingenuo e più profondo dell'antico, che trova alfine il suo Principe forte ma galantuomo! Tra questi due nomi scegliereste, a seconda che il vostro orgoglio fosse offeso a proposito (per parlare il linguaggio scolastico di Dan-te, che m'avvince a sè) a proposito o della vita contemplativa o della vita attiva. Ma se all'Italia, in vostra presenza, si negassero i pregi di tutte e due codeste vite - ma usiamo la formula rinnovata da colui che diede all'eroe vinto e accogliente in sè il fremito giovanile di mille eroiche vite spente nei secoli; diede a Garibaldi vivo l'amplesso di Dante morto; la formula rinnovata da Giuseppe Mazzini - se si negasse all'Italia la gloria e la perfezione del Pensiero e dell'Azione, voi allora accoppiereste, saltando agevolmente su venti generazioni, i due grandi nomi: il pallido pensatore e il rosso guerriero, il poeta dell'oltremondo e l'eroe de' due mondi, l'esule di Ravenna e il solita-rio di Caprera; che non hanno l'uno se non una penna e l'altro se non una spada, e fanno una grande vendetta cioè un'eterna rivendicazio-ne: Dante e Garibaldi.

IV.

Ma io anche più agevolmente di voi sento la somiglianza e l'unio-ne, nel mio spirito, dei due nomi e delle due anime, dell'eroe del pensiero e del poeta dell'azione. Io li ho, si può dire, veduti insieme, li ho uditi parlare! Sì; fu in una grande selva di pini. Fu in un'ombra tutta odorata di resina e di mare, in un silenzio solenne e religioso, appena turbato da qualche strillo d'uccello impaurito e dagli scatti delle cavallette, che schizzavano di tra gli aghi inaspriti dei pini, via via che il piede avanzava. E a quando a quando la brezza marina fa-ceva di ramo in ramo un lungo brivido e sussurro.

In quella selva antica errò Dante ed errò Garibaldi. Quella selva fu, come è probabile, modello della divina foresta. In essa, forse, Dante raffigurò lo stato perfetto della vita attiva, la conclusione d'un esercizio assiduo di virtù contro il nemico interno e i turbamenti esterni, che lo rifece innocente e imperturbabile. Dante giungeva ad essa, alla Pineta di Ravenna, da una vita di stenti e di rischi; con una condanna ad aver tagliata la mano ed essere arso vivo; nell'esiglio amaro che non doveva mutare se non nella morte; dopo aver lasciata ogni cosa diletta più caramente. E ad essa giungeva anche Garibaldi. Vi giungeva da Roma, che aveva difesa invano, vi giungeva dopo le traversie d'una marcia fra quattro eserciti nemici, dopo aver lasciata la terra per il mare, dopo essere stato ributtato dal mare nelle sterili arene del lido Adriano; vi giungeva come una rapida e serpeggiante meteora che dalle ripe del Tevere fosse caduta, lasciando un gran solco rosso, sulle foci del Po, e vi si fosse infranta.

E fosse svanita d'un tratto. Fu un accorrere là di infiniti nemici; era un formicolìo di squadre austriache per ogni parte in quei luoghi dove s'era spezzato ed era sparito l'eroe d'Italia. Dov'era? Lo cerca-vano i nemici d'Italia, per addossarlo a un muro o a un albero, e fi-nirlo a colpi di fucile, s'egli già non era stato ingoiato dalla palude.

Non era stato ingoiato dalla palude. Egli aveva sì lasciato ogni cosa più caramente diletta; ma viveva. La sua Anita dormiva sotto le sabbie malfide; e i cani vaganti fiutavano già là intorno, e già raspa-vano là sopra. Ma egli viveva. La Romagna silenziosa aveva accolto il profugo tra le sue braccia invisibili, e lo avviluppava nella grande ombra in cui si ricoverò già il grande impero di Roma e in

62

cui ebbe già pace il grande esule di Firenze. Tutta l'Italia era in angoscia. I romagnoli in tanto, taciti, quasi indifferenti, senza fretta e senza paura, si facevano passare di mano in mano, tramutavano di paese in paese, di casa in casa, di capanna in capanna, d'albero in albero, l'o-spite loro, il dono che loro faceva la sventura d'Italia, e che essi vo-levano conservare per la sua fortuna. Tutti, là, sapevano: popolani e nobili, patrioti e clericali, carbonari e preti; e tacevano tutti, e nessu-no tradì. La Romagna ti conservava, o Sicilia, il tuo liberatore. Don Verità, un prete di Modigliana, assicurava lo sbarco di Marsala. Iuf-fina, un popolano di Ravenna, preparava Calatafimi. Somarino, un bracciante di Sant'Alberto, che non si sfamò certo mai in vita sua, e che non volle vendere per una buona somma un cappello che gli re-stò del Generale, un cappello che conservato allora poteva procurar-gli sei palle di piombo nel petto, e venduto poi gli poteva dare un po' di sollievo per la sua famelica vecchiaia - ebbene per questa umile scorta che il soprannome vi dice qual poteva essere, per il bracciante Somarino, voi lo vedeste, o Siciliani, il Dittatore cavalcare da Marsa-la al Faro, voi lo vedeste, Bruzziani, Lucani, Campani, trascorrere da Reggio al Volturno; e il mondo ammirò, e l'Italia fu.

V.

Così Dante e Garibaldi si trovarono, a distanza di secoli, l'uno e l'altro nella Pineta, esule l'uno e l'altro fuggiasco, con una sentenza di morte, l'uno dietro sè, l'altro tutto intorno. E vissero tutti e due, per compiere l'opera immensa, che avevano nel pensiero. E a me pare che io li abbia veduti là ambedue e uditi parlare. La loro ombra era ancora in quella solitudine, le loro voci echeggiavano ancora in quel silenzio. E le ombre s'incontravano e le voci si rispondevano. E l'una parlava di Roma che piangeva, e di Roma che piangeva, parlava l'al-tra. Ciò che di essenziale è nel pensiero di Dante riguardo alla ragion pratica, ciò che ne esce di nudo, dopo che lo spogliate delle contin-genze del tempo, è che Roma doveva essere, come della vita con-templativa, così la fonte e il principio e la sede della attiva: doveva albergare la giustizia legale e la prudenza regnativa, e sia pure che col re vivesse là anche il pastore: ma una via assegnava al pastore, e un'altra al re, sì che non potessero incontrarsi e impacciarsi e offen-dersi. E da Roma tale giustizia doveva frenare il mondo, tale pru-denza doveva illuminare il mondo. Per quanto il pensiero di Gari-baldi andasse da Roma a Italia piuttosto che da Roma al mondo... E tuttavia, no: Mazzini, il suo maestro, esclamava: il mondo! - Roma deve essere la maestra delle genti, come fu la conquistatrice; deve di nuovo accogliere tutti i popoli in un immenso ideale di giustizia e di pace - Bene; ma insomma il guerriero recava da Roma le cui mura fumavano ancora, concetto più semplice e parola più breve: o Roma o morte! E intanto in questo s'accordavano l'esule e il fuggiasco, i due gloriosi banditi, i condannati da Baldo d'Aguglione e da Gorz-kowski, s'accordavano nell'avere ambedue, in cima al loro pensiero, Roma.
Ma un'altra idea informa tutto il poema dell'uno e tutta l'azione dell'altro. Che cercava in vero Dante per i suoi tre regni? Lo dice Virgilio a Catone, che cosa cercava il viatore dell'oltremondo: «Li-bertà va cercando, ch'è sì cara, come sa chi per lei vita rifiuta».
E l'altro, col suo breve modo d'uomo di fatti e non di parole, l'al-tro avrebbe detto con le parole dell'inno: O morte o libertà! Libertà è la suprema aspirazione d'ambedue; e Dante la trovò lasciando, con l'incoercibile pensiero, la vita feroce e schiava del mondo, e rifu-giandosi di là della morte; e Garibaldi, per tutta la vita la cercò, combattendo e soffrendo per lei, e tornando, appena potesse, alla sua solitudine nella piccola isola rupestre. E tutti e due lo riacquista-vano quel prezioso dono che non è conosciuto se non da chi talor lo perde: l'uno a forza di pensiero, l'altro a forza d'azione.
Ma, per intenderci, io vi dirò che è questa libertà, voluta e ottenu-ta sì dall'imperiale Alighieri e sì dall'antimperiale Garibaldi; e ve lo dirò significandone gli effetti e i segni. Dante fu libero, ossia ridi-venne libero: da che si vede? Da questo: il cacciato dei Neri, si fece parte per sè stesso. A chi si riferiscono queste parole? Non sembrano scritte per Garibaldi?

63

In vero qual è la parte o, come si dice ora, il partito di Garibaldi? Mazziniano? - Se il Generale avesse voluto! - è l'ultimo pensiero del maestro di Garibaldi. Dunque il guerriero non aveva voluto ciò che il pensatore voleva. Non fu dunque mazziniano. E dunque fu monar-chico? L'aver combattuto per il segnacolo - Italia e Vittorio Emanue-le - non fa di lui un monarchico, più che non faccia di lui un tiranno essere stato generale e dittatore. Patriota a tutti i costi? italianissimo, come dicono i clericali? Egli salutò il sole dell'avvenire che avrebbe illuminato una sola patria per tutti i popoli. Dunque socialista, inter-nazionalista? Oh! egli combattè tutta la vita per qualche popolo e nazione, nè soltanto il suo e la sua, contro qualche altro e altra. Par-tigiano della guerra? Egli amava la pace. Partigiano della pace? Egli faceva la guerra. Dunque non sapeva che cosa volesse, tra la monar-chia e la repubblica, tra il nazionalismo e l'internazionalismo, tra la pace e la guerra? Nessun carattere ci pare più coerente del suo. Nes-suno, ch'io sappia, vorrebbe a quella sua figura, nota a tutti come nel suo aspetto così nella sua anima, togliere nulla, aggiunger nulla, mu-tar nulla.

VI.

Eppure se si fosse chiesto a lui vivo ciò che ancora chiediamo a lui morto, qual aggiunto dovremmo appiccare al suo nome, come par necessità che si debba appiccare sempre e a ognuno; qual aggiunto di parte o partito, perchè in vero chi è tale da non patir quell'aggiun-to, non ha carattere, non è uomo, non è nulla, è un degli ignavi di Dante, nè vivi nè morti; e mettiamo ancora che sia un angelo, ma è di quelli nè ribelli nè fedeli... Ma Dante taglia qui la parola al suo fratello dell'azione, e risponde prima esso, dal volume eterno, e dice:
«Confondereste voi me che feci parte per me stesso, con i neutra-li del vestibolo, che non ebbero insegna? Sono io simile a coloro sdegnati dalla giustizia e misericordia? Cieca direte e bassa la mia vita? Direte che il mondo non lascia esser fama per me?
Quel destino di oscurità, cecità, nullità nella vita e nella morte, io l'ho fuggito attraverso l'inferno, per il baratro e per il monte e per le sfere, passando per il fuoco mistico e per la sventura vera, io: io sono il supremamente diverso da quelli che restano nell'atrio, io sono il contrapposto perfetto di colui che fece il rifiuto per viltà: io sono Dante Alighieri e quello è l'innominato. Eppure, sì, è vero, nè egli ebbe parte nè io.
Ma io era libero perchè la mia voce sicura, balda e lieta sonava la mia volontà! io aveva tagliato con non so quale spada quel nodo che n'impaccia dentro, nodo che io mi spiego in una guisa e voi vi spie-gate in un'altra, ma che c'è veramente, retaggio, per me, d'una colpa primitiva, per voi, d'un'antica bestialità.
Ebbene io lo tagliai, quel nodo, con una spada che arrotai alla co-te della sventura, e così fui libero, e (ciò che gl'ignavi non seppero o poterono fare) io volli volere, e mentre colui che fece il rifiuto, non fu nulla e non ha nome che lo distingua, io fui io».
E sottentra il poeta dell'azione, Garibaldi, il quale, interrogato in suo vivente, di che parte o partito fosse, come avrebbe risposto? «Io mi feci parte per me stesso», avrebbe risposto. «Io sono io», avrebbe risposto. In verità, egli aveva quella spada affilata, e tagliò via via il nodo che impacciava la sua anima. Egli congiurò contro Carlo Alber-to, e ne fu bandito e condannato a morte ignominiosa; ed egli com-battè per Carlo Alberto. Egli aveva, a bordo della sua nave da traffi-co, bevuto il verbo de' nuovi cristiani; e offriva il suo braccio al pon-tefice de' cristiani vecchi. Egli aveva a Marsiglia stretto la mano di Giuseppe Mazzini, e ora gli aveva detto, e sempre s'era sentito ri-spondere; e a Teano salutava Vittorio Emanuele, col grido: Salute al Re d'Italia! Dopo la battaglia del Volturno, si rivolgeva a «coloro a cui Dio confidò la santa missione di fare il bene», e proponeva gli stati uniti dell'Europa e la fine di ogni guerra. Da un congresso per la pace, moveva le armi contro Roma e per

Roma. E sul suo capo inca-nutito in quaranta battaglie, e in nove e più fra insurrezioni e guerre, mandava i suoi placidi raggi «il sole dell'avvenire».

VII.

O giovani, io so il dramma segreto delle vostre anime; e lo so per-chè l'ho provato e lo provo. Giovani lavoratori delle arti intellettuali e giovani lavoratori delle arti manuali, è questo.

Prima ancora che voi abbiate determinato qual arte scegliere, pri-ma che sappiate fare l'arte che non vi nutrisce ancora: voi, gli uni e gli altri, già pensate quale ha da essere il vostro pensiero nelle que-stioni che dividono gli uomini, volete stabilire quale ha da essere il vostro posto nelle lotte che inimicano gli uomini. Non ve ne rimpro-vero: non se ne può forse fare a meno, e io lo so e tutti lo sanno. Voi, nella vostra felice età, non cercate ora se non l'idea più generosa. Ponete il problema così: Come e dove si può essere più martiri e più eroi? Il dramma comincia.

Dice una voce che ha la soave persuasione della voce materna: «Sii fedele, e ama ciò che io amo» o (e la voce è allora tenera e pro-fonda) «ciò che amai! Sii forte, e professa alla luce del sole la tua re-ligione, che altri beffeggia, deridendo la speranza che tu hai, di ri-vedere i tuoi morti! Sii generoso, e sta coi vinti!»

E dice un'altra voce, che ha il furore della tempesta: «Sii giusto, e pensa a quelli che soffrono! Guarda che raspano la terra, che scava-no sotterra, che picchiano sul ferro e sul fuoco, che non hanno mai riposo e hanno sempre fame! Guardali legati dalla catena, non sem-pre invisibile, della necessità sociale, alla gleba, all'incudine, alla go-gna, al ceppo! guarda quant'è il sudore della lor fronte, e come pic-colo è il pane che bagnano con esso! guarda come iniquamente da loro si esige che sian buoni, quand'essi, soffrendo, non possono ve-der se non cattivo intorno a loro! guarda come stolidamente si lascia che non sappiano nulla e si pretende poi che sappiano appunto que-sto, che essi devono rispettare la società che li trascura o li rinnega! guarda come assurdamente non si fa nulla per toglierli dal fango o si fa qualche cosa per gettarveli e per tenerveli, e si pretende che siano puliti!»

E la voce continua col soffio dell'uragano: «Sta coi deboli e con gli oppressi! unisciti a quelli che si uniscono! Senti il grande scalpitìo sordo dell'universale esercito degli scalzi? Sii generoso e va coi tuoi fratelli infelici!»

E dice un'altra voce, che è annunziata da squilli di tromba arro-chiti dalla lontananza: «Sii grato, o giovinetto! Ricordati, appunto, che giorno è questo. Se tu puoi deliberare ora che cosa tu voglia es-sere, e se tu potrai, per la tua parte, far le leggi cui ubbidire, e sce-gliere gli uomini che ti governino, fu per noi! Noi abbiamo combat-tuto per te, per voi, nostri figli e figli dei nostri figli; e ora che non avete più bisogno di noi, ci rinnegate? Ed è poi vero che non avete più bisogno, non di noi morti, ma del nostro ideale vivo? Voi credete chiusa la nostra missione storica, e impazienti, in così pochi anni, d'essere un popolo unito e singolo, aspirate a fondervi nella grande umanità... Ma se non formate nemmeno tutto e intero quel popolo! E poichè la terra patria non basta più ai suoi abitatori, e ogni popolo si spande dove, nel mondo, c'è posto per lui, e specialmente a voi non basta la terra, e specialmente voi vi spandete dovunque sia lavoro e martòro; vedete: gli altri popoli, che sono tutt'altro che stanchi d'es-sere uniti e singoli; anche dove le braccia che lavorano son nostre e nostra è la lingua nella quale là si geme e si piange, là piantano la lo-ro bandiera e intimano le loro leggi e impongono la loro lingua... E la nostra missione storica è finita?»

E la voce s'appressa, e gli squilli chiareggiano, e passano ondate di guerrieri, ora nere, ora vermiglie: il flutto alivolo dei bersaglieri, la striscia di sangue dei garibaldini.

«Quel che volete, o figli e figli de' figli! Ma è un grande ideale, quello per cui si muore! quello per cui si è innocenti quando s'uccide e si è contenti quando si è uccisi! E ora quell'ideale è morto? Non c'è più la guerra? Fosse!... Ma che fa laggiù Dewet?... Se uccide, è in-nocente; s'è ucciso, è felice, e

65

sì, quando sarà ucciso e gli scaveranno la fossa, l'impero britannico sarà più grande che mai e si estenderà, oltre che nell'Europa, Asia, America e Australia, anche in Africa, perfettamente da Alessandria al Capo; ebbene quella fossa sarà più grande di quell'impero!»

E la voce si fa sempre più vicina e gli squilli raddoppiano, e si sente lo scalpitare dei cavalli, e suona la fanfara di Filiberto, e passa Vittorio Emanuele. «Fioeui, qualcosa ho fatto anch'io, credo! Re ho sfidato tutte le Corti di Europa, cominciando dai miei parenti. E in-fine, scendendo stivalato da cavallo, mi sono andato a mettere a se-dere, imperturbabile, là, dove nessuno voleva che andassi, nella Ro-ma dei Cesari e dei Papi. E ci sono restato! Fioeui, vi raccomando mio figlio, buono e forte!...»

Dov'è suo figlio?

E passa una raffica ardente che travolge tutto in un anelito infini-to d'amore e di gloria; passa la bandiera tricolore d'Italia che ci rapi-sce in alto, tra mille grida - Alpi! Mare! Goito! San Martino! Varese! Calatafimi! Custoza e Lissa... e chi sa? Mentana e Porta Pia! Fratelli Bandiera! Pisacane! Mazzini! Cavour!... - E noi vediamo due cava-lieri giganti, uno fosco come il destino, l'altro rosso come la vita e il sangue, che di là della vita e del destino, tornano a incontrarsi e a stringersi la mano nel cielo della patria.

VIII.

Queste e altre voci vi risuonano nel cuore, o giovani, ora, nella vostra giovinezza docile e nobile. E voi siete commossi or dall'una or dall'altra, se non da tutte. Lo so, perchè lo provai; e lo provo ancora e ne soffro. La ragione via via mi dice, per esempio: Se tu odii la guerra, perchè ti commovi al passaggio d'un reggimento che scintilla d'armi omicide e va d'un sol passo e ha un cuore solo? E se vuoi glo-ria per quella bandiera lacera, che passa, come pretendi giustizia per i lavoratori più laceri ancora? Se vuoi la fratellanza delle nazioni, per-chè sospiri d'amore geloso per la tua nazione? Se vuoi rotte le barrie-re tra popolo e popolo, come mai pendi con l'anima dalle sentinelle dell'Alpi, che vegliano in armi alle porte della patria?

Oh! dico io: Te felice, o scomunicato dal sinodo e sorvegliato dalla polizia, romito lavoratore, Leone Tolstoi! Te felice; nè solo per-chè tanto alto è di te l'ingegno, e l'opera così efficace e così pura la gloria; ma specialmente perchè tu puoi liberamente assecondare la tua coscienza animosa e veggente, e guerreggiare contro la guerra! Tu puoi vedere e detestare in ogni cosacco della tua nazione un futu-ro inconsciente omicida, e ritrarre l'occhio offeso e il cuore ribelle dalle grandi squadre armate, che passano respirando la strage futura, come immense bande di masnadieri! Tu così puoi giudicare e sentire, perchè nessuno e nulla minaccia la grande Russia, ed ella può sce-gliere tra l'odio e l'amore, tra la pace e la guerra; ed ella sceglie quel-lo che è così atroce scegliere!

Quanta differenza tra te e il barbaro poeta del sangue, che solleti-ca e fa ruggire la belva immane che sta accovacciata nell'altro grande impero, che aveva la fulgida e limpida gloria d'aiutare tutti i popoli, ed ora aspira all'altra sanguinosa di turbarli tutti; e nel tempo stesso manda più di dugento mila uomini contro una piccola nazione d'a-gricoltori e pastori, e prepara l'abolizione della nostra lingua in un'i-sola che da solo un secolo è dell'Inghilterra, mentre questa lingua ri-suona, forte e soave, più forte e soave che mai, in Trieste, dopo quat-tro secoli che vi domina l'Austria! O Garibaldi, nostro eroe, che amavi tanto l'Inghilterra, per poco meglio che una mezz'ora di rispit-to a Marsala, dillo tu, se è giusto! La tua camicia rossa non si vide laggiù, sul Vaal e sull'Orange, ella che è stata veduta per tutto, in America e in Europa, in Francia di rincontro alla Germania, in Polo-nia contro i Russi, in Creta, in Erzegovina e in Tessaglia contro i Turchi; non c'è divisione etnica in Europa, i cui militi non abbiano veduto contro sè queste eroiche schiere, e non abbiano, nella batta-glia, udite le voci eroiche della nostra lingua; nè Latini, ne Tedeschi, nè Slavi, nè Finni; e no, gli Anglosassoni, non hanno sentito, nella nostra lingua, che parole amiche; e le camicie rosse non sono accorse là dove galoppava il Garibaldi boero, rifatto nell'Africa mandriano come era nelle Pampe d'America; e ora proprio l'Inghilterra vuol cancellare da un'isola italiana i segni della sua italianità, e sommuo-vere col piede il termine nazionale - che noi non coronavamo di me-mori fiori -? Ma noi porremo, invece dell'umile termine ammuffito e corroso, noi porremo la statua di Dante anche là; come a Trento. Por-remo anche là Dante, come a Trento, perchè tenga il posto, finchè non ci vada, nei secoli o negli anni, tu, o Garibaldi! E intanto la lin-gua si purgherà delle traccie arabe, che offesero il delicato orecchio di Chamberlain... Del resto c'è dell'arabo anche nel vostro linguag-gio, o messinesi. Messinesi, bombardati dai Borboni, messinesi elet-tori di Mazzini, non siete voi italiani?

IX.

Se tra un popolo grandissimo e potentissimo, come l'inglese, alli-gna meglio Kipling che Tolstoi; se un popolo, che fu il difensore del-la libertà e dell'indipendenza degli altri popoli, e si onorò sempre di combattere per il diritto contro la forza, se persino esso vuol ora conquistare e assorbire e annullare; possiamo noi che da quel popolo che fu più amico di tutti, ricevemmo l'ingiuria che non ricevemmo dal più nemico; possiamo noi abbandonarci alla dolcezza contempla-tiva della pace e fratellanza universale?

Io credo, o giovani, io voglio credere che il grande grido «Operai di tutto il mondo, unitevi!» sia per distruggere i calcoli degli imperii che già si formano e già minacciano e già cominciano l'opera loro. Io credo che quest'internazionalismo (e pare sulle prime assurdo) sia per proteggere le nazioni e conservarle. Che noi non possiamo, nè altri può, aspirare all'ineffabile felicità della pacificazione e unione uni-versale a quel patto che la religione ci assegna per l'acquisto della beatitudine eterna la morte! Noi non vogliamo morire! un popolo non può desiderare di morire! E d'altra parte è contro ciò che la scienza ha di più sicuro, affermare che l'unità umana sia per ottenersi con la fusione, dirò così, nel gas primigenio e omogeneo, sì che non ci sia più che una lingua e un popolo.

Le varietà si moltiplicano via via, e non cesseranno mai di molti-plicare. Ci sono stati e ci sono e ci saranno, oh! se ci saranno, dei tentativi mostruosi, degli sforzi immani, per arrestare e cambiare la natura. Si faranno, e pur troppo già si fanno, dai mostruosi imperii tali sforzi per annullare in sè i singoli popoli. Ma non c'è forza che prevalga contro la natura! E noi vediamo già quale sarà la forza che si opporrà alla forza. Quando il più grande degli imperii, che si van-no formando, o un immenso trust di essi, si apparecchierà con la vio-lenza dell'armi ad assoggettare e struggere e fondere... le armi ca-dranno a terra; e i preparati a uccidere e morire, si stringeranno le destre. E i grandi imperi sfumeranno come nebbia, lasciando sereno in un attimo il cielo dell'umanità. Ma le evoluzioni degli esseri co-scienti hanno un elemento in più che quelle degli altri esseri. Que-st'ultime sono fatti della natura; quelle prime sono macchine, le quali si muovono, sì, con certe leggi che non facciamo noi; ma le macchi-ne stesse le facciamo proprio noi. La volontà è la macchina con cui gli uomini fabbricano il loro avvenire.

Or dunque poichè il nazionalismo conserva il carattere e l'essenza dei singoli popoli, e l'internazionalismo è per impedire le guerre che cancellerebbero quel carattere e distruggerebbero quell'essenza dei singoli popoli; ebbene, bisogna voler essere nazionalisti e internazio-nalisti nel tempo stesso, o, come dissi già con frase molto combattu-ta, socialisti e patrioti!

67

Come si fa? Certo, si soffre. In noi sono due anime. Due anime erano in voi, o generosi socialisti, che andaste a combattere coi pali-cari di Creta, e poi a fianco degli euzoni dell'Oeta! Chi vi chiamava, o socialisti generosi, quella volta, chi v'invitava a questa che era una battaglia con voi stessi, prima che con Edhem pascià; era l'Ombra di Garibaldi. E chiediamo dunque all'Ombra stessa, come fece egli a solvere quel nodo, a dirimere quella battaglia interna, a essere, con tanta semplice coerenza, socialista e patriota e anche credente (oh! credeva all'anima delle farfalle e dei fiori, e supponeva che due uc-cellini fossero le tombe canore e alate delle sue bambine), chiediamo al nostro eroe che c'insegni e c'ispiri. Noi vogliamo poter amare tutto ciò che tu amasti, Mazzini e il re Vittorio, il popolo e i popoli, la guerra e la pace, il dolore de' miseri e la gloria de' forti.

Ed egli ci direbbe:

«Siate liberi! La vostra mente non si chiuda a quel tanto di vero che si trova unito a ciò che pur credete il torto. Il vostro cuore non si serri a quella tanta umana simpatia, che si trova anche in ciò che vi sembra a principio ripugnare del tutto. Non ponete i parocchi al vo-stro intelletto; non ponete lo zaino al vostro sentimento. Se non si scusa, che con le necessità della difesa, il prendere dei giovani, e ve-stirli d'una veste uniforme, e assoggettarli a una disciplina di ferro, e armarli di ferro micidiale; qual necessità giustifica questo reclutare d'anime, questo uniformare e abolire volontà, questo inutilizzare in-telligenze? Se le evoluzioni in piazza d'armi, di cento e cento, al rau-co grido d'un solo, hanno del meccanico e perciò quasi dell'indegno d'uomini; come chiameremo degne e umane le tattiche dei partiti? Altro è avere idee, altro, essere d'un partito. Essere di un partito vuol dire aver rinunziato ad averne, dell'idee; e significa credere che l'intelletto umano si sia a un tratto isterilito in modo, da non produr-ne più, dell'idee! Significa, per esempio, aver giurato che il lume a olio è il più chiaro dei lumi, e odiare perciò, con tutto il vigore del nostro fermo carattere, il partito del gas e della lampada elettrica. Ogni riforma utile deve trovar sempre occhi aperti a ricevere la di-mostrazione di quell'utilità e cuori pronti a consentirla e attuarla! Non mettete le bende a quelli occhi! non mettete le catene a quei cuori!»

E continuerebbe, l'Ombra del magnanimo, con più grave accento: «Voi mi amate tutti, non è vero? E amerete in me l'Italia che amai. E non c'è ancora tra voi giovani (perchè io non credo a clericali giova-ni!) il partito di disfarla. E anche voi, che vi scaldate al sole dell'av-venire, volete come io volevo, che i popoli si colleghino e l'umanità si unisca, ma non volete certo che il popolo, che io redensi, abbia il triste privilegio di sparire, mentre quelli contro i quali già dovemmo combattere, rimangano. Or bene: l'Italia è il popolo più minacciato di questo mondo, ed è nel tempo stesso di questo mondo il popolo forse più povero. Come farà a reggersi e vivere? Dal Gianicolo io vedo ancora deserto l'agro di Roma; da Caprera io vedo tuttora deserta la mia Sardegna: per tutto ov'io trasvolo, odo singhiozzi di miseria e d'angoscia. E nel tempo stesso da Caprera e dal Gianicolo e dall'Alpi e dal Mare, in-voco, invoco io per voi, più navi e più batterie.

Ebbene, o giovani italiani, questo dissidio tra due necessità m'è morte nella morte. Come si fa? E io dico che, se farete a tempo, voi, giovani, potrete comporre questo dissidio e consolare la mia tomba, presso cui rimbombano i cannoni non sufficienti dalla Maddalena. Voi sì, o giovani, potrete risolvere questo problema che sembra inso-lubile; aver più forte armata e più forte esercito, e spender meno, sì da avere di che seccar le paludi e dissodare i deserti. Che ciò potrà avvenire sol quando saranno sparite le diffidenze, che nascono dall'essere l'Italia un campo, sin ora quasi incruento, di battaglia, in cui le grandi masse dei partiti stanno bensì con l'arma al piede, ma si tengono pronte a combattere della somma delle cose, della vita o della morte. Ora, sarà fatale, non nego, che una nazione sorta dalla cospirazione di idealità politiche varie e diverse, non si sia ancora acquetata alla forma di governo che è risultata; sarà fatale; ma allora è anche fatale, che ella non possa, come può la Svizzera che tuttavia parla quattro lingue, armarsi e difendersi con poca spesa. Ed è giusto che tra quelli che non vogliono «la nazione armata», si annoverino anche quelli che più dicono di volerla.

Ebbene, o giovani, contro questa fatalità ci è un rimedio. Finché i partiti non cessino di essere, contro la ragione e la scienza, assoluti e antitetici, non entrate in partiti. Conservate alla patria e all'umanità illuminato il vostro giudizio e spassionato il vostro cuore. Non date l'anima vostra a tenere ad altri. Siate liberi!»

XI.

E io ti chiedo perdono, o morto eroe, di farmi interprete di ciò che mi pare il tuo pensiero sfrondato, per così dire, di quel rigoglio di parole, cui fece germinare il calore dell'azione. Io non ho accetta-to di parlare di te, se non costretto; e non ho parlato per metterti in-dosso un paludamento di frasi: a te basta la tua camicia rossa. Ho detto ciò che m'è sembrato dovere.

Io sento fierissimo dentro me il contrasto delle due anime; e ho chiesto a te l'ispirazione per trovar pace nel cuore e unità nel pensie-ro. E tu mi hai additato - anche tu lasciasti, come Napoleone (quanto simile e diverso!) un aquilotto: un figlio morto giovane, alto, esile e mesto - e tu mi hai additato il figlio della tua solitudine, Manlio.

«In lui» mi pareva che tu mi dicessi «in lui guarda, e guarda come fa e pensa lui, e avrai la pace e conoscerai la via». Ebbene Manlio, col cuore pieno delle aspirazioni e rivendicazioni dei lavoratori del mondo, navigava sulle torpediniere dell'Italia. Navigava, ora non naviga più; l'aquilotto dorme vicino alla grande aquila. Dorme, l'in-colpabile giovane; cui nè i popolari saprebbero rimproverare di non essere puro, nè il re, di non essere fedele.

Nell'isola solitaria l'eroe non è più solo con le due bambine. An-che Manlio è con lui. E il mare s'alza e s'abbassa, e torna ad alzarsi, con metro perenne, per chiamare il giovane, se il vecchio non vuole più saperne di navigazione e di vita. Ma nemmeno il bello, alto, esile figlio dell'eroe, può rispondere. Sonno eterno, mare eterno. O giova-ni, rispondete voi al grande mare. Non siete voi tutti figli dell'eroe?

Fate d'essere tali che, s'egli tornasse, potesse trovare in voi i vo-lontari da condurre alle sue postume imprese; fate di poter essere i Mille dell'avvenire.

Un tempo ei chiedeva un milione di fucili. Il milione di fucili c'è. Ora chiederebbe un milione di coscienze. Siate questo milione di co-scienze, non offuscate dalla passione, non irrigidite da partiti presi, non assordate da frasi fatte.

XII.

Formate, o giovani, col vostro Re giovane - felice della sua angio-letta che col suo piccolo vagito ha la potenza ineffabile di disserrare le ferrate porte del carcere - formate, o giovani, un popolo forte e se-reno che sia preparato al destino; che si faccia degno e si tenga pron-to ad abbracciare gli altri popoli e a stringersi loro nella auspicata fe-derazione europea, o nella sovrumana fratellanza di tutti gli uomini; quando nella pace e nel lavoro siano un mesto ed incredibile ricordo la fame, il vizio il delitto, la guerra; un popolo che sia pronto ogni giorno a tale domani, e apra sin d'ora tutti i suoi cuori a tale verbo d'amore; ma sia anche pronto, nelle vicissitudini che ancora sono tra il presente e l'avvenire, sia pronto, contro chi volesse togliergli il suo faticoso presente e il suo laborioso avvenire; dalle officine fatte più liete, dalle scuole rese più sapienti, dalle campagne divenute più fio-ride, sia pronto, ora e sempre, ad opporre tutti i suoi figli sull'Alpi nostre e sul Mare nostro!

Donne gentili, fedeli della pietà, che avete il cuore all'infanzia abbandonata, che siete qui adunate per dare cibo e ricovero ai picco-li dell'uomo che non hanno ciò che hanno i piccoli della bestia:

è l'Avvento! Sta per nascere l'infante che sarà involto di cenci e deposto nella mangiatoia d'una capanna.

- Non c'era luogo per essi nell'albergo -

Ho sentito sonare la zampogna dei monti. Non era cominciato il crepuscolo mattutino. S'udiva sul lastrico appena appena qualche scalpiccìo che pareva d'uomini già stanchi sin dal primo principio della faticosa giornata. In uno di quei fondi ove, oltre tutto il resto, manca l'aria, ardeva un lume rosso. Di là dentro veniva quel dolce suono d'organo pastorale antico come gli antichi pastori che errava-no con le greggi prime addomesticate. Ne usciva la voce mesta e soave della fanciullezza del genere umano, della fanciullezza d'o-gnun di noi, con quell'accorarsi non si sapeva perchè, con quello spe-rare non si sapeva di che, con quel bisogno improvviso di godersi a piangere al collo della madre, chi l'aveva ancora.

Le stelle brillavano ancora nel cielo così bello e puro. Quel canto di zampogna pareva dovesse avere un'eco nel firmamento. Quel fo-cherello di quaggiù, così umile e rossastro, pareva avere un perchè di cui le stelle di lassù, così limpide e d'oro, fossero consapevoli.

Di lì a poco le stelle impallidirono e scomparvero insensibilmente. Il lumino si spense e la sinfonia pastorale si tacque e il piccolo rito finì. E all'apparire dell'alba cominciò il tramestìo e lo scalpitìo soliti, con quel doloroso sforzo di voci strascicate, di piedi strascicati, di vite strascicate.

Era giorno, e tutto era come prima: l'oggi come il ieri e il domani.

O povero ciaramellaro dei monti, perchè hai dunque sonato l'av-vento? l'avvento di che? che cosa è questo regno che ha sempre da venire e non viene mai? questo regno che ha da essere in terra come in cielo? questo regno che ha da fare un cielo della terra? Oh! come ogni anno si dice che verrà? come ogni secolo si dice che è per veni-re? come ogni millennio si dice che non è venuto? Mai dunque? mai? Vano è dunque sperare, vano sognare, vano pensare; chè gli uomini, e singoli e insieme, sono condannati a patire o fame o rimor-so; a patire l'odio che loro si porta e, peggio, l'odio che portano agli altri; a patire, oltre il male che la natura ci ha assegnato, anche quello che ci fanno i nostri fratelli, e peggio quello che facciamo noi ai no-stri fratelli? Povero ciaramellaro, perchè canti così dolcemente e in-consciamente l'avvento del regno che non può avvenire? Non vedi, nel tugurio dove suoni l'organo silvestre dell'umile rito, non vedi forse un infante involto appena in cenci, deposto su peggio che una mangiatoia? non sai che quell'infante è destinato forse a non aver pietra su cui posare la testa, a non aver forse cibo nè per il suo corpo nè per la sua anima, a essere forse col tempo incatenato e segregato, privato della sua libertà dagli uomini che gli negarono la sua educa-zione, spogliato del suo nome dalla società che gli negò il suo pane? Ciaramellaro, riponi la tua ciaramella.

Noi non ci crediamo più!

I.

Oh! credeteci! crediamoci! È l'avvento! Quel regno è cominciato: era cominciato da prima, ma si è affermato da allora. Da quando? Da quando prima un piccol numero di reietti, poi molti, poi tutti, fe-lici e infelici, civili e barbari (ma quale felicità era la loro, qual civil-tà!) si fissarono su quel fatto incredibile dell'Uomo-Dio che nasce in una stalla, che vive non si vede di che, di pesci e di pani che sono troppo pochi alla fame di tutti, di spighe sgranate nei campi, di agnello avuto per carità, e muore su un patibolo, schiaffeggiato, be-stemmiato, rinnegato, flagellato, coronato di spine e inchiodato a un legno. Che cosa sono le massime dei Vangeli, per quanto soavi o grandi, pur non sempre chiare, che cosa è la buona novella del Cri-sto, che cosa sono le predicazioni degli Apostoli e l'episole di Paolo, che cosa sono le dichiarazioni dei Padri e le argomentazioni dei Dot-tori, rispetto a quell'oggetto continuo di meditazione, che è quella semplice e orribile storia, d'un bambino così privo di tutto, d'un uo-mo così povero, d'un condannato così innocente e così straziato? e che è Dio? quel Dio da tanto tempo aspettato e annunziato? che pa-reva dovesse apparire con tanta potenza e gloria, e mostrare tanti mi-racoli di felicità? Da duemila anni il genere umano fa la sua medita-zione su quello strame e su quella croce. E insensibilmente, per così dire, un sentimento nuovo è entrato nei nostri cuori selvaggi. Insen-sibilmente, ripeto: e lentissimamente, ahimè! Perchè, quando il Cri-stianesimo trionfò, fu cominciato a eliminare dai supplizi quello del-la Croce ? Fu religioso rispetto al grande simbolo, o non fu piutto-sto inconsapevole vergogna, di dare ad un uomo, anche reo, il mar-tòro per cui si versavano tante lagrime nelle chiese, dove pure il cro-cifisso splendeva di gloria, di immortalità e divinità? Fu vergogna! vergogna! E gli uomini erano ancora tanto ciechi e bestiali da non comprendere che la forca era una croce con un braccio solo, e che la ruota era una croce posta in piano, e che il rogo che distruggeva e disperdeva il corpo dopo atroci torture, era peggio di quella croce, da cui fu deposto il corpo di Gesù, perchè sua madre l'abbracciasse. Lentissimamente, al nostro parere e credere, il Sole, con tutto il suo corteo di pianeti, tra cui la trista Terra insanguinata, cammina cam-mina verso una nuova plaga dei cieli; lentissimamente il genere degli uomini procede verso l'umanità. In tanto dopo le forche e le ruote e i roghi dell'Evo medio, dopo l'enorme abuso, o uso che è lo stesso, di morte per guerre e supplizi, che fu fatto anche dopo, anche in quella rivoluzione che proclamò i diritti dell'uomo, anche e specialmente (o antica stolidezza bestiale!) in essa, anche e specialmente dopo, anche ai nostri giorni, e per opera del popolo che si diceva sino a due o tre anni fa il più civile dei popoli; ebbene dopo tutto quello strazio di vite d'uomini, noi riconosciamo che in tanto il genere degli uomini si è spostato di qualche grado verso la sua integrazione. L'ultima forma della croce, la forca, va scomparendo: in Italia (o eterni bestemmia-tori dell'umile Italia, ricordatelo!) non c'è più: altrove s'appiatta. E a me giova insistere su questo punto, a preferenza d'altri che pur mo-strano il progresso dell'umanità: perchè l'umanità più difficilmente crede doversi affermare in faccia a quella che è la bestialità, ossia il delitto. Perchè, dobbiamo noi, si dice, rispettare le bestie feroci? Quel tale, che ha appena qualche segno d'uomo e ne ha tanti di fiera, lo sguardo, il pelame, gli zigomi, la fronte, il cranio, o che so io, è fuori dell'umanità. Ebbene se noi troviamo che l'umanità s'esercita anche verso codesti, noi dobbiamo credere, o sperare, che ella sia già ben grande, e che abbracci tutti gli uomini, se già s'estende anche al-le bestie.

E questo è certissimo. Lasciamo da parte le legislazioni le quali sono pure il prodotto e l'indice delle singole civiltà, e consultiamo la nostra coscienza. Chi di noi non ha sentito un morso di vergogna nel leggere il supplizio dell'assassino del Presidente Mac Kinley? Chi non si è detto: O che Volta ha inventata la pila per sostituire la corda e la mannaia? L'elettricità che deve essere l'anima del lavoro umano, che illumina già le nostre notti e che già spinge a corsa i nostri veico-li, e che ci farà volare, voi l'avete stipendiata per vostro boia? La scienza l'ha già applicata per la salute e la vita, e voi ne fate uno strumento di martirio e di morte? Oh! belle descrizioni! Il corpo si tese tutto, scricchiolò, poi si sentì odore di bruciaticcio... Chi avreb-be creduto che gli uomini, avendo potuto strappare dalla grande mano invisibile del Tonante lo strale con cui egli minaccia, l'usassero, essi, in modo più fine e feroce, contro i loro simili? Noi c'indignamo, e pensiamo, a proposito sì di questo, sì di altri e di tutti i supplizi, così: il peggior delinquente del mondo, che uccida lentamente e non di un subito; che si diletti degli spasimi e dei terrori della vittima; che premediti la strage a lungo, e ne dia misteriosi indizi al destina-to, sì che egli muoia di cento morti; che lo faccia saper prima alla madre e al babbo, che il loro figlio sarà straziato e finito; che avvisi i fratelli perchè assistano al boccheggiare del fratello; oh! non si trova nel mondo un delinquente, traditore e squartatore, così feroce come codesta legge che con tanta freddezza, con tanta serenità, con tanta arte eseguisce le sue giustizie esemplari! Bell'esempio! Noi, profon-dando nella nostra coscienza, giudichiamo a nostra volta, che non c'è delinquente pessimo degno di morte, il quale non patisca peggio di quello che ha fatto! E così i popoli veramente civili, hanno abolito questo delitto esemplare che mortificava la coscienza degli onesti, i quali non volevano essere protetti a tal patto; e ancora alleggiava la coscienza dei delinquenti, i quali sentivano di poter pagare il debito che facevano, con usura tale, da acchetare ognuno e da indurre più d'uno a dire al fine: Poveretto!...

C'è di più. Alcuni chiamano morboso e immorale questo fatto che si rimprovera particolarmente, credo, a voi siciliani e calabresi, e che è di tutti o almeno di molti. Ecco il fatto. L'autore d'un delitto è su-bito esecrato: la folla, potendo, ne farebbe giustizia sommaria. Di lì a qualche mese il delinquente aborrito entra incatenato in una gabbia di ferro. Gli si fa il processo. Noi ascoltiamo o leggiamo. Che cosa succede? Penetriamo nella nostra coscienza, e non fermiamoci alla superficie, dove galleggiano le parole che si dicono, ma arriviamo al fondo, dove posano i pensieri che non si dicono: che troviamo? Il nostro odio è sbollito, il nostro orrore è diminuito, quasi quasi sen-tiamo di tenerla più per la difesa che per la parte civile, quasi quasi facciamo voti per il colpevole che avremmo voluto linciare... Che è? siamo malfattori anche noi? Oh! no: noi non vorremmo vedere quel-le catene, quella gabbia, quelle armi nude intorno a quell'uomo; vor-remmo non sapere ch'egli sarà chiuso, vivo, per anni e anni e anni, per sempre, in un sepolcro; vorremmo non pensare ch'egli non ab-braccerà più la donna che fu sua, ch'egli non vedrà più, se non reso irriconoscibile e ignominioso dall'orrida acconciatura dell'ergastolo, i figli suoi...

Ma egli ha ucciso, ha fatto degli orfani che non vedranno più af-fatto il loro padre, mai, mai, mai! È vero: punitelo! è giusto!... Ma non si potrebbe trovare il modo di punirlo con qualcosa di diverso da ciò ch'egli commise?... Così esso assomiglia troppo alle sue vitti-me! Così andranno sopra lui alcune delle lagrime che spettano alle sue vittime! Le sue vittime vogliono tutta per loro la pietà che in parte s'è disviata in pro' di lui!

E noi allora sognamo il grande sogno novissimo.

C'è qualcuno che fece il male? Oh! infelice! oh! supremamente infelice! chi reggerà più alla sua vista? chi oserà più rivolgergli la pa-rola? Egli passa, i bambini fuggono, le madri si stringono al seno l'infante, gli uomini gravi abbassano gli occhi. Egli passa tra il silen-zio anelante. Ode appena, quando è passato, un bisbiglio sommesso: «È quell'infelice che ha ucciso! È un povero Caino che non dormirà più! Egli va, cammina e cammina, chi sa? per trovare il farmaco che resuscita i morti, e non si trova in nessun luogo!».

II.

Questo voltafaccia della psiche popolare che dal compiangere il delitto passa a commiserare colui che l'ha commesso, si considera dai più come una malattia dello spirito. E sia. In verità una scienza nuova, e già gloriosa, cerca negli uomini le traccie della degenera-zione; e le trova in quelli che soli esamina; che sono o i geni o i de-linquenti. Perchè in questi due ordini d'esseri umani le trova, anzi, ella è giunta a riconoscere una parentela tra loro. Ma perchè non istudia essa l'uomo normale? l'uomo che nè commette crimini da es-ser chiuso in prigione, nè fa capolavori da meritare il Pantheon? Chi sa? ella troverebbe che non v'è uomo al mondo, per mediocre che sia, nè troppo santo nè troppo cattivo, nè alto nè basso, che non ab-bia alcune delle anormalità da loro segnalate nei delinquenti e nei geni.

D'ognun di noi studiando l'albero genealogico, forse troverebbe qualche figura a cui fermarsi; studiando d'ognun di noi le abitudini, troverebbe qualche particolarità di cui sospettare: dorme troppo, dorme poco costui; piange per nulla, ride per nulla; è distratto, è contratto; esce di notte, non esce di notte; s'adira all'improvviso, ha una calma continua... Io credo che l'uomo normale non esista; e co-me sarebbe a quei dotti impossibile dimostrare che esiste, cercandolo per tutto il mondo, come colui che cercava l'uomo felice di cui aver la camicia, così è facile a ognuno, con una sola parola, dimostrare che non esiste: non esiste l'uomo normale, perchè questi sarebbe l'uomo non evoluto, ossia il non-uomo ancora. Chiamerebbero essi degenerata la Terra, perchè non è più gas? e in Giove troverebbero essi avanzata e nel Sole già cominciata la degenerazione? È questio-ne di parole. Essi trovano nel tal genio o nel tal delinquente certi strani timori... Ma non sanno essi che l'uomo è l'animale che teme ciò che le bestie non temono? non sanno essi che l'uomo è l'animale che sa di morire? Trovano che il tal altro, genio o delinquente, aveva te-nerezza per la sorella e per la madre. Ma non sanno essi che l'uomo è colui che ama la femmina anche all'infuori della spinta sessuale? Trovano in tutti, credo, i geni e i delinquenti, l'epilessia... Ma tutti, tutti portiamo in noi lo squilibrio della fatale ascensione, per cui dal pithecanthropos alalos si svolse l'homo sapiens, e dall'homo sapiens o ragionevole si svolge l'homo, che io dirò humanus...

E qui, dame gentili, mi rivolgo a voi, perchè temo che vi sembri già che io non abbia accolto il vostro pio invito, se non per farvi ascoltare una lezione d'empietà. No, dame gentili. Io vi ricorderò al-cunchè del libro sacro a cui credete, e vedrete, che ciò che io ho det-to, non contradice a ciò che là è scritto. Non è, questo, un vano eser-cizio di arte sofistica: trovare il nesso e la somiglianza tra le idee e i sistemi e le credenze più disparate, è servire fedelmente la causa della concordia dell'irrequieto genere umano che non si pacificherà, credete, con la soppressione di questo o quello, ma con la persuasione di tutti. Dice dunque la Bibbia che l'uomo fu creato in istato di grazia e di libertà. Subito però (i teologi computano questo tempo a poche ore) fu cacciato dall'Eden; e ciò che si racconta di lui, dopo che fu cacciato, è subito l'uccisione del fratello commessa dal fratello. Non vi è antropologo il quale non debba ammettere che la bestia che diventò l'uomo, era potenzial-mente uomo anche quand'era bestia. Era una bestia quella che aveva in sè il suo destino futuro. Nata dal limo, aveva in sè il soffio di Dio. Ma, non ostante questo soffio, ella si mostrò più bestia delle bestie le quali non uccidono così facilmente le loro simili! Si mostrò più be-stia delle bestie, non ostante che edificasse le case e le città. Perchè la Bibbia appunto seguita a narrare che fu Caino, la bestia che uccise il fratello, che edificò le prime città!

«O dunque era molto sapiens questa bestia primitiva! E non era cioè bestia, ma homo!» così obbiettate. E avreste ragione, se l'homo sapiens svoltosi dalla bestia primitiva, fosse l'uomo veramente uo-mo. Non era, non è.

È un vecchio concetto, codesto, e non vero, che sia l'intelligenza che distingua l'uomo dal bruto. Non è vero: le case le edifica anche la rondine, e di fango impastato come noi; e la lucciola ha saputo, con lunga esperienza, scegliere tali sostanze con cui aver luce nelle sue notti, e con lunga esperienza ha saputo l'ape scegliere tale cibo con cui fare il miele e la cera; e le formiche hanno i loro granai, e i castori hanno le loro città. L'intelligenza e la conservazione della vita sono tra loro in tal nesso, che se chiamate istinto naturale quest'ulti-ma, dovete chiamare istinto anche quella prima. E istinto vuol dire qualcosa a cui non possiamo sottrarci e che s'impone come una ne-cessità. E non c'è mirabile opera umana, non c'è macchina, non c'è traforo di monti, non c'è navigazione di mari, non c'è volo tra le nu-bi, non c'è asservimento di forze cieche e libere, che, considerati da esseri più perfetti, i quali dimorino in altri pianeti, non facessero loro pensare che noi abbiamo ubbidito, con ciò, alla stessa necessità a cui i conigli, che so io, gli uccelli e gli insetti alati e le lucciole e i ragni. Quando e dove l'abitatore dei pianeti lontani comincerebbe a pensa-re che noi siamo essenzialmente diversi dai ragni tessitori e dalle lucciole fosforescenti?

Quando e dove vedesse, che noi facciamo qualcosa contro quell'istinto, quando e dove riconoscesse che noi abbiamo conquista-to o andiamo conquistando - che cosa? - la libertà! quando cioè e dove stupisse, che alle madri degli uomini non basta dare il loro latte ai loro piccoli e provvedere al loro sostentamento, fin che non siano atti a fornirselo da sè; ma vogliono anche educarli, istruirli, tremare e piangere e tribolare per loro tutta la vita; che ai padri degli uomini non basta aver fecondata la femmina, ma si trattengono presso lei, e non solo l'aiutano ad alimentare i piccini, ma diventano i loro più at-tivi, più pensosi, più solleciti guardiani e maestri; che, cosa più mira-bile ancora, queste madri e questi padri pensano ai figli degli altri; che, cosa da esaltarsene in sè, quel figlio più puro dei cieli, ci sono tra gli uomini quelli che rinunziano a godere, perchè altri non pianga, a mangiare, perchè altri non digiuni, a vivere, perchè altri non muoia. Ora, come mai - quell'essere superiore esclamerebbe - come mai in questa povera razza d'esseri deboli, caduchi, efimeri, ha potuto fiori-re questa pianta inseminata della volontà? come questo genere d'a-nimali bipedi senza ali ha potuto liberarsi dai legami della sua egoi-stica e cauta e fredda ragione? chi ha portata la pietà in terra? quando l'homo, così sapiens, ha potuto, non in virtù della sua sa-pienza, ma contro contro contro la sua sapienza stessa, tanto superio-re a quella degli altri animali terreni; quando l'homo sapiens ha po-tuto divenire homo humanus? per qual miracolo è avvenuto in que-sto selvaggio pianeta, dopo il fiero regno della ragione, il dolce re-gno del sentimento?

Ecco l'avvento! Quel che è cominciato già, sebbene non abbia an-cora conquistata tutta la terra, è il regno della pietà, cioè della volon-tà, cioè della libertà! Tutto lo dice e lo grida.

La pietà vuole entrare, dove le era precluso l'adito: oltrepassa le gabbie di ferro, tenta le massicce porte del carcere, sulla cui soglia sta la giustizia in armi. «Sono vittime anch'essi, i tuoi rei, o giustizia, come le loro vittime. Portano la pena di questo movimento intimo. che ha scossi i nervi dell'antico bruto, che ha insegnato a lui spasimi e dolcezze nuove, che gli ha appreso a ridere e a piangere! È un di-sordine nell'anima di tutti: le fibre del cervello non hanno più in al-cuno quella loro primitiva regolarità. Il sentimento, cosa nuova, por-ta come il suo bene, così il suo male. Non essere così ragionevole, o giustizia. Perdona più che puoi». - Più che posso? - Ella dice di non potere affatto. Se gli uomini, ella soggiunge, fossero a tal grado di moralità da sentire veramente quell'orrore al delitto, che tu dici, si potrebbe lasciare che il delitto fosse pena a sè stesso, senza bisogno di mannaie e catene, di morte o mortificazione. Ma... Ma non vede dunque la giustizia che quest'orrore al delitto gli uomini lo mostrano appunto già assai, quando abominano, in palese o nel cuore, il delitto anche se è dato in pena d'altro delitto, ossia nella forma in cui par-rebbe più tollerabile?

III.

La pietà ha edificato tanti ospedali! tanti asili! tanti ricoveri! La pietà bussa alle grandi sale dorate, e tende le mani e alza il suo la-mento tra il soave fragore delle musiche e il blando avvolgimento delle danze! La pietà non permette già più di cenare in pace, perchè Lazaro piange alla porta del banchetto! La pietà non permette già più alla madre di contemplare in pace tra i candidi merletti il suo an-gioletto addormentato... Oh! il suo sonno è così leggero; e nell'om-bra, troppo vicino suona il querulo incessante innumerevole vagito dei bimbi che non hanno culla, che non hanno latte, che non hanno madre...

Oh! non vi può esser più felicità per uno, se non c'è per tutti. Il regno della schiavitù, della guerra, della conquista, dello sfruttamen-to, cioè della ragion sola, sta per chiudersi. La pietà ha indotto la ra-gione a escogitare strumenti e sistemi di salute e felicità non più per le città, non più per le nazioni, non più per le razze, ma per tutti, ma per la società, ma per tutto il genere umano.

Il socialismo! Senz'altri argomenti e fatti, basterebbe questo, del sorgere del socialismo, a dimostrare che il regno della pietà è già inoltrato. Esso è un fenomeno d'altruismo. Quali ne furono i messia e gli apostoli? quali ne sono i predicatori e i confessori? Tutti (poichè di classi si è costretti ancora a parlare) tutti, o nobili o borghesi o, se operai, tali però che per l'ingegno e per l'abilità o sono usciti o po-trebbero uscire dalla classe degli operai propriamente detti.

Si avvera anche per il socialismo il fatto storico che l'elevamento delle singole classi è per opera della classe superiore. È un fatto dunque di carità e d'amore. Sono uomini, codesti predicatori e con-fessori, che rinunziano già volontariamente ai beni della loro classe, perchè non è bene quello che coincide

74

col male degli altri. O sublime follia di Carlo Cafiero, il quale fuggiva dal raggio di sole che penetrava nella sua camera d'ammalato, perchè non c'era sole per tanti al-tri nelle miniere, nelle officine, nelle stive, nelle prigioni! «Io non voglio sole che non sia di tutti!»

È la follia della croce, dunque; è la follia di S. Francesco. Una parte del genere umano si scalza, perchè l'altra parte è scalza. La se-conda grande fase della storia è già aperta: l'homo humanus sta per prendere il posto dell'homo sapiens.

Secol si rinnova.

Ma gl'ingrati! oh! gl'ingrati! I figli di pietà o carità, rinnegano la loro dolce madre! essi dicono di non conoscere se non la giustizia, quella ferrea donna che veglia sulla soglia del carcere; che impugna anche la scure, che stringe il laccio, che sprigiona il fulmine, addo-mesticato per dar morte a un uomo; che ha mosse tante guerre, che ha voluto la schiavitù, che persino, talvolta, ha esposti su o gettati da una rupe, non si sa bene, i figlioletti degli uomini! Giustizia o Cari-tà?

Essi rispondono, Giustizia; e io dico, Carità.

La giustizia non è che a mano a mano la moralizzazione del no-stro egoismo.

È cosa contingente e mutabile: non affida. Se noi dobbiamo per giustizia rispettare la vita degli uomini, come mai la giustizia non ci vieta di ammazzare il bove e l'agnello? È un sofisma questo? Eppure certe legislazioni vietavano, per esempio, di macellare bovi da lavo-ro, eppure certe coscienze hanno bandita dalle loro mense la carne degli animali! La Giustizia presso questi individui e presso questi popoli, vuole svolgersi logicamente. E dunque svolgetela anche voi, cotesta vostra giustizia, logicamente. Se il vostro sistema non si basa se non sulla giustizia, ebbene rispettate, oltre il bue di lavoro, oltre il mite agnello e il festoso capretto, tutte tutte le vite: non uscite a pas-seggiare, per non calpestare le formiche, non vi muovete, non respi-rate, non vivete. La vita d'un essere è ineluttabilmente causa della morte di altri esseri.

E le piante? credete voi di cibarvene con giustizia? o non sapete che la vita è una unica, sebbene le gradazioni siano varie? La giusti-zia! ma noi la ripudiamo sempre! Qual cosa direste più giusta del lat-te che dà la madre al figlio? delle cure di lei intorno alla culla del suo piccino? Ebbene interrogate voi stessi, se voi dite mai che la vo-stra madre non ha fatto che il suo dovere dandovi il suo petto a sug-gere e dondolando la vostra culla!

Fu pietà, carità, amore! noi diciamo. Il giorno che noi credessimo che non fu se non giustizia, noi, capite, non riameremmo la nostra madre e con lei tutto ciò che amiamo; non ameremmo più, e l'umani-tà non tornerebbe ad essere solo quello che già fu, una bestialità, ma diverrebbe una bestialità senza più quel soffio e quella scintilla per cui ella potè divenire l'umanità. L'uomo si rifugerebbe nel suo covo antico, vi si stenderebbe su, non se ne rialzerebbe più.

La giustizia non comincia se non dove giunge la pietà. Non entra la giustizia nel modo nostro di comportarci con le formiche, perchè in noi non si sveglia il sentimento di pietà. Non si era desto il senti-mento di pietà nelle donne spartane che lasciavano portare al Taigeto i loro bimbi deformi; e perciò non credevano contro giustizia l'orribi-le cosa. O credete che il più naturale dei sentimenti umani sia stato sempre tal quale? L'infanticida, ai nostri giorni ancora, quando sop-prime la sua creatura, non ha avuto tempo e modo di considerare come qualcosa o qualcuno fuori della sua carne e della sua vita, l'in-fante che sopprime. Ella, io credo, crede di far male a sè stessa, a un frutto infelice della sua povera persona. Non l'ha sentito vagire, il piccino, e la sua pietà non s'è desta, ed ella non ha veduto di offen-dere la giustizia. La giustizia poi glielo fa sapere... Ma la giustizia non s'accorge di esercitare la sua autorità nuova contro una donna di molti millenni prima, non punto dissimile dalla femmina di qualche animale che nega il latte a qualcuno de' suoi piccoli o che a dirittura lo divora.

Alle quali femmine la Giustizia non dà nessuna pena. Alla donna infelice che vi è innanzi o giudici, è mancato a un tratto il prodotto dell'evoluzione di molti millenni, perchè è mancato un vagito, un sottile vagito, un solo piccolo vagito, che le avrebbe detto. Pietà di me; ed ella non potè udire quel gemito perchè l'avrebbe tradita. Oh! se avesse potuto volerlo udire, oh! non ci sarebbe stato bisogno del codice e del tribunale e del carcere per farle comprendere che cosa era giusto che facesse. Dopo il sentimento di pietà, sarebbe sorto il concetto di giustizia.

Ora, mi dirà alcuno che anche qui è questione di parole? No; è questione di cose. O apostoli della rigenerazione umana, se voi di-menticate che la base di questa rigenerazione è la pietà e il sentimen-to, non la giustizia e la ragione, voi andate contro il vostro fine; voi, cioè, agitate, combattete, soffrite perchè non avvenga ciò che voi volete che avvenga. Proclamando presente la giustizia futura, voi togliete la pianta dalla terra donde ella trae il nutrimento per il fiore che forse è già in boccia, voi la separate dalla sua radice; e l'agitate e la mostrate dicendo: Ecco il fiore. E il flore così non si aprirà più. O spiriti ardenti, il fiammante e soave fiore dell'avvenire, ha bisogno del nutrimento del nostro cuore e della rugiada dei nostri occhi! Il sole dell'avvenire che aprirà infine quella rossa corolla, si chiama l'amore!

Ecco, io mi provo a leggere nel libro del futuro nascosto: leggo nell'Apocalissi.

IV.

E i proletari del mondo ripeterono:

Noi non vogliamo pietà, vogliamo giustizia!

E primamente cacciarono da sè i loro maestri e apostoli dicendo: Noi non vogliamo pietà!

Chi siete voi? Voi siete degli altri! Voi dite parole giuste, ma son elleno anche nel vostro cuore o solo nelle vostre labbra?

A ogni modo, anche se voi sentite quel che dite, noi non voglia-mo pietà! Andatevene.

E i maestri cominciarono ad andarsene.

E presto non vi furono altri proletari che i proletari.

E il genere umano era diviso in due generi... non umani, che si guardavano male.

Ogni tanto qualcuno del genere meglio vestito passava all'altro, e poichè non era certo ispirato dalla pietà, egli era certo dei peggiori di esso; e qualcuno dell'altro genere passava al primo; e questo era dei più valenti se non dei più fedeli.

Dalle due grandi classi si elevavano continuamente le vecchie querele: somigliavano a quelle che in tempi già remoti erano poste, come si diceva, sul tappeto da due nazioni che volessero venire alla prova delle armi.

Querele che erano poi sopraffatte dal fragore delle battaglie e dai gemiti dei feriti; e che, finita la guerra, risorgevano più maligne che mai a preparare la guerra che di regola nasceva dalla guerra e che si chiamava la rivincita.

Già da tempo il contadino non salutava più il proprietario: la cosa era sembrata bella agli apostoli scacciati.

Già da tempo gli operai delle officine passavano col berretto in capo avanti l'industriale: la cosa era sembrata magnifica ai maestri ripudiati.

Eppure si era sempre dagli apostoli e maestri e poi dai discepoli predicato, che non gli uomini erano in colpa; sì il sistema. A che dunque l'odio?

Eppure! eppure! Qualche vecchio contadino si ricordava che ave-va amato i figli del padrone che ruzzavano coi suoi! qualche vecchio operaio si ricordava d'aver tenuto in collo quel grande industriale, quand'era piccino!

I vecchi tentennavano il grigio capo.

«Non sarebbe meglio accomodarsi?» brontolavano.

«No» replicavano irosi i giovani «no e no: essi ci derubavano, perchè noi siamo le braccia che fanno la ricchezza, e la ricchezza se la prendevano e prendono loro».

76

«Ma» rispondeva timidamente qualche vecchione che ricordava la favoletta di Menenio Agrippa «se noi siamo le braccia, siano essi lo stomaco o forse, almeno qualche volta, la testa, voi sapete che un corpo può vivere senza braccia, ma senza testa o anche senza stoma-co, no».

«No: vedrete, o nonno, che non può vivere nemmeno senza brac-cia».

Così per un pezzo stettero l'un contro l'altro, i due generi inuma-ni: i bambini piangevano dall'una parte e dall'altra; dall'una parte e dall'altra i giovani si nutrivano d'odio.

I ricchi non avevano già più chi li servisse: fortunate quelle signo-re che avevano imparato a fare il bucato e la cucina!

I poveri non avevano più scuole, dove mandare i figli, non ospe-dali, dove essere curati dei loro morbi, non asili per l'infanzia, non ricoveri per la vecchiezza.

L'odio aveva avvelenati tutti i cuori: tutti gli occhi avevano lo sguardo bieco del bandito e del prigioniero.

Sino allora restava anche una terza classe: la classe degli armati: nè mai essi avevano sentito battere tanto di fierezza il cuore: istituiti per la guerra, essi mantenevano la pace.

Ma una pace torbida, inquieta, piena di ululi soffocati.

Finalmente anche quella classe di mezzo spari, e si fuse parte di qua parte di là.

E un giorno cessò ogni fragor di macchine, ogni grido d'aratore, ogni strepito di martello. Tutto era chiuso e tacito. La pietà era da un pezzo estinta: s'estinse il lavoro.

E allora venne la guerra: i due generi disumani si avanzarono l'u-no contro l'altro con tutte le armi dell'odio...

Avevano due grandi bandiere.

Nell'una e nell'altra si leggeva la stessa parola: giustizia!

Ma perchè continuare nella lugubre lettura? Cerchiamo d'ignorare il rimanente: chi vinse? fu pace poi? il sangue non fermentò? fu poi uguaglianza? e se fu, l'ingegno umano non si avvizzì? non diventò sterile? nel grande opificio l'uomo non sospirò la libertà? O tutto tornò come prima? non ci furono, di cambiati, che le persone dei proprietari; e tutti i cuori? e infine, nei secoli dei secoli, non si oscurò e raffreddò per sempre il sole, non lasciando sopravvivere sulla terra, divenuta un sepolcreto enorme, nemmen la memoria di quel genere d'animali, che con tanta intelligenza non aveva saputo assettare la sua vita comune, nè come le api e le formiche, che vivono in pace e fratellanza nelle loro arnie e nelle loro caverne, nè come i leoni e le tigri, che di tutto fan preda fuorchè di leoni e di tigri, nè come le ie-ne che mangiano tutto quel che trovano, ma lasciano vivere i vivi?

V.

O tetra Apocalissi, io non credo in te, perchè credo nella carità! Ecco la base del mio socialismo: il certo e continuo incremento della pietà nel cuore dell'uomo. Tutti i fatti raccolti dai materialisti della storia, non provano che questo: che l'uomo da solo ragionevole è di-venuto anche sentimentale.

Non è stato l'interesse che ha via via suggerite le grandi trasfor-mazioni sociali, ma un sentimento opposto all'interesse. La conside-razione della storia a quel modo, è un continuo e facile sofisma.

È stata Roma che ha fatto trionfare la croce, sono stati i padroni che hanno abolita la schiavitù, è la borghesia che predica il sociali-smo. E sarà il cuore che troverà l'assetto ottimo della società, non il cervello e molto meno il ventre. Non sarà un dies irae il gran giorno: sarà il giorno della pietà!

Io vedo moltiplicato all'infinito per tutta la terra il convito di Ele-na. Si ricordano, intorno alla mensa, tutti, famigliari e ospiti, le loro sventure. Il racconto delle miserie altrui suscita il ricordo delle sue proprie. Il pianto si fa compianto, la passione si fa compassione,

- Come potemmo noi odiar voi che tanto avete pensato?

- E noi come potemmo dispregiar voi che tanto avete sudato?

- E noi non riconoscemmo la vostra mente!

- E noi non baciammo le vostre mani!

- E sì: dovevamo a voi il pane dei nostri bambini!

- Oh! no: noi noi lo dovevamo a voi...

- Figli, venite a ringraziare il vostro benefattore.

- Figli, abbracciate il vecchio operaio che vi alimentò.

- No...

- Baciatevi, o piccoli, tra voi, che siete fratelli.

- Oh! quando penso, che tu non avevi sempre il pane...

- Taci: e io che t'invidiavo? Pareva che noi non sapessimo che an-che a voi erano lunghi i giorni e lunghissime le notti... e breve la vita!

- E ora? Per il meglio, lavoreremo anche noi un poco, manualmen-te: fa bene alla salute e al cuore...

- E anche noi avremo un po' di tempo per l'intelletto

- Io non ho bisogno del superfluo, perchè sono certo dell'avvenire dei miei figli, affidati all'amore del consorzio umano...

- E io ho già più del necessario, perchè oltre il cibo, il tetto e il ve-stire, ho l'istruzione per i miei figli e la gioia di questa gran pace.

- E dire che io a forza ti volevo negare ciò che è tanto mio utile averti dato!

- E dire che io volevo aver per forza ciò che per amore mi avresti dato!

- Quanto abbiamo sofferto!

- Oh! sì: quanto!

- Ed era così facile finirla!

- Così facile e così bello!

E la divina Elena verserà nelle coppe di quelli uomini mesti il farmaco contro il dolore e contro l'ira. Chi mi dirà che questo è lontano e fantastico? Chi mai, al quale io non possa opporre che l'avvenire ch'egli prevede è anche più lontano e più fantastico?

Qual dato di scienza economica, per esempio; che, per esempio, la ricchezza tende ad accentrarsi e la proprietà individuale a sparire; è più certo della mia semplice intuizione che l'uomo, il quale ha già asili e ospedali in cambio d'altrettanti ergastoli di schiavi e di gladia-tori, tende sempre a migliorare?

E dunque, mi si dirà, ce ne dobbiamo star con le mani in mano ad aspettare l'avvento di codesto regno della carità? Tutt'altro! tutt'al-tro! tutt'altro! Solamente, bisogna fare, non dire! Noi dobbiamo adempierlo tutti, intorno a noi, il gran sogno dell'avvenire, nel modo che meglio possiamo. Molti fatti anche piccoli, costituiranno un gran fatto; molte parole, anche grandi, non possono formare che un gran-de discorso. E la durezza dei cuori si frange soltanto con l'esempio, quando si frange.

E sopratutto, io credo non s'abbia a parlare di lotta, se non di quella che ognuno ha da combattere con sè stesso. Il più e il meglio che possa fare un animoso combattente in pro' dell'ideale umano, è di ridurre sè stesso più che può simile a quello ch'egli afferma dover essere gli uomini futuri.

E in queste parole non è nessuna intenzione d'offesa per quelli che per tanta parte della mia vita chiamai i miei compagni, e chiame-rei ancora così, se loro non dispiacesse: ho conosciuto, e conosco, tra loro tanti che non solo parlano, ma e fanno. O miei vecchi amici, medici dei poveri, avvocati gratuiti, maestri per carità, io non vi ho dimenticati e non vi disconosco! Ma voi non solo nascondete, col pudore del bene, la vostra opera caritatevole, ma la rinnegate a con-fronto della vostra predicazione! Voi disprezzate e condannate quel-la che chiamate la filantropia, volgendovi a questi, e la carità, vol-gendovi a quelli. Ebbene io credo, e questo ho voluto dire, che il fat-to d'amore e di carità ha maggior importanza e consistenza, dirò co-sì, scientifica, che le vostre teorie economiche e sociali. Tanto che qualunque uomo sia, qualunque sia la sua fede o il suo sistema, se fa il bene è più vostro compagno che il vostro compagno che il bene non lo faccia.

Tanto che io, o miei buoni eroici compagni della lontana giovi-nezza, io non vi ho abbandonati, se non credo a ciò a cui voi crede-te, all'efficacia della lotta di classe e ai prematuri disegni dell'avveni-re, ma, se mai, vi ho rinnegati, perchè non obbedisco all'aspirazione a cui voi obbedite, e che è la pietà; ma, se mai, perchè non faccio quel che voi fate, non perchè non dico quel che voi dite; ma, se mai, per l'odio o il disprezzo che io abbia conservato e concepito per uomini più ricchi o più poveri, più potenti o più deboli, più sapienti o più ignoranti di me, buoni o cattivi, onesti o delinquenti, pure infelici e mortali come me e voi tutti: cui solo l'amore può rendere, dandoci figli, meno mortali; dandoci fratelli, meno infelici.

FINE